u wT 431-19

W0281799

ZEIT DES UNHEILS

Aus dem
Englischen von
Eva Fensch

RAVENSBURGER BUCHVERLAG

I - 8896

Deutsche Erstausgabe
als Ravensburger Taschenbuch
Band 2112,
erschienen 1998

Die Originalausgabe erschien 1996
bei Usborne Publishing Ltd., London
unter dem Titel „Usborne Spinechillers –
The clock of doom“
© 1996 Usborne Publishing, London

Umschlagillustration: Barry Jones

RTB-Reihenkonzeption:
Heinrich Paravicini, Jens Schmidt

**Alle Rechte dieser Ausgabe
vorbehalten durch
Ravensburger Buchverlag**

**Gesamtherstellung:
Presse-Druck Augsburg
Printed in Germany**

**Die Schreibweise entspricht den Regeln
der neuen Rechtschreibung.**

6 5 4 3 2 1 03 02 01 00 99 98

ISBN 3-473-52112-0

MYSTERY

INHALT

1 Die Begrüßung

Ryan Schilling trat auf den verlassenen Bahnsteig des Bahnhofs Steinfeld. Es war bitterkalt nach der Wärme im Zugabteil. Beim Einatmen schmerzte ihn die eiskalte Luft in Nase und Lungen. Beim Ausatmen umgaben dichte Dunstschleier seinen Kopf. Weit und breit war keine Menschenseele zu sehen.

Sein Onkel Karl hatte gesagt, er würde ihn vom Bahnhof abholen. Wo blieb er?

Ryan nahm seinen Rucksack und ging auf die verlassene Absperrung zu, in der Hoffnung, draußen jemanden zu finden. Er war kaum sechs Schritte weit gekommen, als er in einiger Entfernung einen riesigen Hund herumtrotten sah. Das Tier hob den Kopf, witterte und kam plötzlich wild bellend über den Bahnsteig auf ihn zugerast.

Ryan erstarrte. Er war ohnehin nicht gerade ein Hundefreund, und dieser hier war ein Monster. Er war groß und schwer und offensichtlich kräftig, mit einem dicken, weißen Fell und kalten, schwarzen Augen. Beim Näherkommen entblößte er sein geiferndes Gebiss. Ryan starrte auf die blitzenden, messerscharfen Zähne.

„Oh, nein", stöhnte er. Keine zwei Minuten raus aus

dem Zug und schon stand er Auge in Auge mit einem Höllenhund.

Klopfenden Herzens wich Ryan zurück. Der Hund machte einen Riesensatz und stürzte mit ausgestreckten Vorderpfoten auf ihn los. Ryan riss sich den Rucksack schützend vor das Gesicht und rammte ihn dem Ungetüm in das klaffende Maul. Als die Zähne des Hundes sich in den Rucksack gruben, schlugen seine Pranken gegen Ryans Brust und warfen den Jungen um. Er landete mit einem schweren Plumps – gerade noch auf der Bahnsteigkante.

Er blickte auf und sah den Hund über sich stehen. Jetzt, da das Tier ihn gestellt hatte, schien es sich Zeit zu lassen, ihm den Rest zu geben.

„Guuuter Hund!“, versuchte Ryan ihn zu beruhigen. Der Hund spitzte die Ohren, drehte den Kopf und sah sich um. Dann hörte Ryan es auch – das Echo von Schritten aus der Bahnhofshalle, gefolgt von einer Männerstimme.

„Max!“, rief die Stimme. „Bei Fuß!“

Der Besitzer, dachte Ryan. Endlich. Doch der Hund ignorierte die Rufe des Mannes und senkte den Kopf. Die grauenhaften Kiefer öffneten sich. Ryan schloss die Augen. Er spürte warmen Atem auf seinem Gesicht, der nach verdorbenem Fleisch stank.

„MAX!“, brüllte der Mann und Ryan hörte, wie er über den Bahnsteig rannte.

Ryan zuckte zusammen, als die feuchte, warme und sehr raue Zunge über sein Kinn und seine Nase schleckte. Im nächsten Moment spürte er einen plötzlichen Ruck und das Gewicht auf seiner Brust war verschwunden.

„Ryan?“, hörte er. „Du bist doch Ryan, oder?“

Ryan sah auf. Über ihm stand ein großer Mann mit strohblondem Haar und strahlend blauen Augen. Ryan erkannte ihn von Fotos wieder. Es war Onkel Karl – aber im Unterschied zu den Fotos, auf denen er gelächelt hatte, sah der echte Onkel Karl besorgt aus.

„Das tut mir so Leid“, sagte er, indem er Ryan auf die Füße half. „Normalerweise benimmt Max sich nicht so. Er war wohl einfach so begeistert, dich kennen zu lernen.“

Ryan sah den Hund an. Schwanzwedelnd und mit heraushängender Zunge sah das Tier jetzt freundlicher aus. Trotzdem war Ryan froh, dass sein Onkel mit festem Griff das Halsband hielt.

Vor drei Tagen hatte Ryan Geburtstag gehabt. Schon Monate vorher hatten seine Eltern ihm ein ganz besonderes Geburtstagsgeschenk versprochen: Er würde Onkel Karl und Tante Ingrid besuchen dürfen.

Ryan hatte sich schon eine Ewigkeit auf die Reise gefreut, vor allem, weil er endlich das Land besuchen würde, in dem sein Vater aufgewachsen war, und weil er dessen Bruder persönlich kennen lernen würde. Außerdem würde er sein Deutsch ausprobieren können und vielleicht sogar Ski fahren lernen.

Die Reise war aufregend gewesen, zumal er ganz allein unterwegs war. Der Flug, die Zugfahrt, alles hatte reibungslos geklappt. Und nun war er tatsächlich hier, nur eine kurze Autofahrt von Oberdorf entfernt, wo Onkel Karl und Tante Ingrid in dem Haus lebten, in dem sein Vater geboren war.

„Entschuldige, dass ich nicht pünktlich war", sagte sein Onkel. „Das Wetter ist plötzlich umgeschlagen. Oben in den Bergen herrscht starker Schneefall und die Fahrt hier herunter hat länger gedauert als ich dachte."

Voller Freude stellte Ryan fest, dass er das Deutsch seines Onkels problemlos verstehen konnte. Er blickte zum Himmel. Die Wolken schienen zu einem fahlen Gelbgrau zu gerinnen.

„Es ist merkwürdig", sagte Onkel Karl, als er Ryans Rucksack aufhob. „Im Fernsehen war heute Morgen überhaupt kein schlechtes Wetter angesagt, und die Wettervorhersage für diese Gegend ist normalerweise recht zuverlässig. Die Schneewolken scheinen aus dem Nichts gekommen zu sein ... wahrscheinlich etwa um die Zeit, als du über die Grenze gefahren bist."

Sie machten sich auf den Weg zum Ausgang. Max zerrte an seiner Leine.

„Wir sollten sehen, dass wir loskommen", sagte Ryans Onkel, als sie über den Parkplatz gingen. „Bald schneit es auch hier unten. Und oben in den Bergen wird es noch viel schlimmer werden."

„Wenn man meinen Dad reden hört, könnte man meinen, es schneit ständig in Oberdorf", sagte Ryan.

Sein Onkel lachte. „Dein Vater übertreibt. Im Winter gibt es immer etwas Schnee in den Bergen, aber das heißt nicht, dass es ständig schneit ... Und gewöhnlich werden wir rechtzeitig gewarnt." Sie standen jetzt vor einem großen Geländewagen mit Allradantrieb. Es war das einzige Auto auf dem Parkplatz.

Onkel Karl klopfte seinem Neffen auf die Schulter. „Schön, dass wir uns endlich kennen lernen, Ryan", sagte er. „Deine Tante Ingrid freut sich auch sehr über deinen Besuch. Auf nach Hause!"

Als sie vom Parkplatz fuhren, fielen in Steinfeld die ersten Schneeflocken.

2 Ein Sturm braut sich zusammen

Als sie den Ortsausgang erreichten, war der Straßenrand schon nicht mehr zu erkennen. Onkel Karl fuhr an die Seite und hielt an.

„Ich muss die Schneeketten aufziehen“, sagte er. „Ohne werden wir es wohl nicht schaffen, trotz des Vierradantriebs.“

Ryan starrte aus dem Seitenfenster und beobachtete, wie die graugelben Wolken am Himmel wild herumwirbelten.

„Das versteh ich nicht“, sagte Onkel Karl, als er sich wieder ins Auto setzte und den Motor anließ. „Auf den Satellitenbildern im Fernsehen war überhaupt nichts zu sehen.“ Sie fuhren wieder los.

„Ist das ein gefährlicher Schneesturm?“, fragte Ryan.

Sein Onkel antwortete nicht sofort. Seine Augen waren auf die Straße geheftet. „Kann schon sein. Manchmal gibt es hier ziemlich schlimme“, sagte er schließlich. „Als ich so alt war wie du, war Oberdorf einmal fast zwei Wochen lang eingeschneit und von der Außenwelt abgeschlossen, und vor achtzig Jahren oder so sind achtzehn Menschen ums Leben gekommen, als –“

„Aber das kann doch jetzt nicht mehr passieren, oder?“,

fragte Ryan. „Wo es doch Hubschrauber und Computer und so gibt."

„Nein." Onkel Karl schüttelte nachdenklich den Kopf. „Ich will's jedenfalls nicht hoffen. Aber wir können die Natur immer noch nicht beherrschen."

Er bog auf die Straße nach Oberdorf ab. Die Scheibenwischer kämpften gegen den Schnee, der jetzt direkt von vorne kam. Er wurde von Minute zu Minute dichter.

Ryan starrte aus dem Seitenfenster. „Mir war gar nicht klar, dass Schnee so gefährlich sein kann", sagte er.

„Letztes Jahr sind oben auf dem Gletscher fünf Menschen ums Leben gekommen", erzählte Onkel Karl. „Sie sind bei klarem Wetter abseits der Pisten Ski gelaufen und wurden von einer Lawine überrascht. Aber bei diesem Wetter wird niemand Ski laufen. Sie stellen die Lifte ab ..." Er unterbrach sich. „Auf dieser Höhe habe ich noch nie so dichten Schneefall gesehen."

Langsam – es war so gut wie nichts mehr zu erkennen – tasteten sie sich auf der schmalen Straße voran, die sich durch den Wald wand, Haarnadelkurve auf Haarnadelkurve den Berghang hinauf. Unwillkürlich krallte Ryan sich am Sitz fest. Er starrte aus dem Seitenfenster. Durch die wild herumwirbelnden Schneemassen erkannte er am weißen Straßenrand einen jähen Abgrund, der senkrecht ins Nichts fiel. Ryan konnte sein Herz laut klopfen hören. Er blickte zu seinem Onkel, der sich angestrengt und konzentriert über das Lenkrad beugte.

„Wie weit ist es noch bis Oberdorf?“, fragte Ryan nervös.

„Von hier sind es eigentlich nur noch zehn Minuten“, sagte Onkel Karl. „Aber weiß der Himmel, wie lange wir hier drinstecken werden.“

Ryan sah wieder aus dem Fenster. Schwarze Baumstämme, weißer Schnee; die ganze Landschaft war eintönig geworden. Als sie um eine besonders scharfe Kurve bogen, sahen sie vor sich einen Lieferwagen am Straßenrand stehen. Ein Mann kämpfte auf allen vieren mit seinen Schneeketten. Onkel Karl musste vorsichtig um den Lieferwagen herumsteuern und das brachte den Wagen gefährlich nah an den Abgrund. Plötzlich spürte Ryan, dass sein Onkel die Kontrolle über das Auto verlor und der Wagen zu rutschen begann. Sein Magen zog sich zusammen und er sah im Geiste die vier unkontrollierbar durchdrehenden Räder vor sich. Er schloss die Augen. Sie rutschten seitwärts – näher und näher an den Abgrund.

Onkel Karl sagte nichts. Im nächsten Moment hörte Ryan ein beruhigendes Knirschen, als die Schneeketten auf der Straßenoberfläche griffen. Als er seine Augen wieder öffnete, hatten sie den Lieferwagen schon ein gutes Stück hinter sich gelassen. Schweigend fuhren sie weiter. Die kurvenreiche Straße wand sich immer höher den Berg hinauf bis zum kleinen Gebirgsort Oberdorf. Das einzige Geräusch war das regelmäßige dumpfe Knirschen der Schneeketten, die sich in den verwehenden Schnee gruben.

Es war dunkler geworden und Onkel Karl schaltete das Fernlicht ein. Ryan starrte geradeaus. Er war wie hypnotisiert vom glitzernden Schnee, der in den breiten Scheinwerferkegeln tanzte. Es sah aus wie ein riesiger Schwarm weißer Bienen.

Die Straße wurde jetzt flacher und Ryan war froh, auf beiden Seiten Bäume zu sehen. In der Ferne konnte er gerade eben eine Silhouette von Dachspitzen und Kaminen und einen Lichtschimmer ausmachen. Ohne Vorwarnung bog Onkel Karl links ab auf einen steilen, engen, unbefestigten Waldpfad – einen Pfad, den Ryan vorher nicht einmal bemerkt hatte. Das Auto kroch im Schneckentempo weiter, bis der Pfad auf einer Lichtung endete. Durch den Schnee sah Ryan ein Holzhaus mit einem steilen Ziegeldach. Er erkannte es sofort. Dies war das Haus, von dem sein Vater ihm so viel erzählt hatte, das Haus am Rande eines hohen, dunklen Waldes. Im Moment war es jedoch unmöglich, die Bäume des Waldes zu erkennen – genau genommen war überhaupt nichts zu erkennen. Ringsherum war alles tief verschneit und an einigen Stellen reichten Schneeverwehungen bis fast an die Fenster.

„Endlich sind wir da“, sagte Onkel Karl mit einem erleichterten Seufzer. „Ich gehe heute Abend bestimmt nicht mehr raus ... nicht um alles in der Welt.“

Ryan stieg aus dem Auto. Der dichte, tiefe Schnee reichte ihm bis an die Knie. Ein eisiger Windstoß traf ihn und riss die Autotür aus seiner Hand. Die Schneeflocken schienen sich selbst zu einem rasenden Gestöber aufzuwirbeln, sie peitschten seinen Körper und stachen wie Nadeln in sein Gesicht. Aus den Fenstern des Hauses strahlte ein warmer Schein. Ryan bemerkte, dass jemand die Schneewehen vor der Haustür weggeschippt hatte, aber es bildeten sich schon wieder neue. Die Tür wurde geöffnet und eine Frau erschien im Lichtschein. Zunächst erkannte Ryan sie nicht. Tante Ingrid sah weicher und rundlicher aus als auf den Fotos. Und in diesem Moment sah sie auch besorgt aus. Ryan watete durch den Schnee auf seine Tante zu.

„Kommt rein, kommt rein!“, rief Tante Ingrid. „Was für ein Wetter zu deiner Begrüßung, Ryan.“

Max sprang aus dem Wagen in einen Schneehaufen. Er schüttelte sich und hielt schnuppernd die Nase in den Wind. Er schien wachsam und winselte.

„Was ist los, mein Junge?“, fragte Onkel Karl, den das merkwürdige Benehmen des Hundes offensichtlich überraschte. In der Ferne schlug eine Uhr. Einen kurzen Moment lang fühlte Ryan trotz des beruhigenden Geruchs nach Holzfeuer und einem Abendessen, der durch die offene Tür kam, einen plötzlichen Schauer des Unbehagens. Er beobachtete, wie Max' Fell sich sträubte und er die Ohren anlegte. Der Hund hob den Kopf und heulte. Der verzweifelte Heulton schien in der Luft zu schweben und ein schauriges, fernes Echo folgte, bevor der Schneesturm ihn schluckte.

3 Abgeschnitten

Zum Abendessen gab es Leberknödel. Ryans Vater hatte ständig von Leberknödeln erzählt und wie gern er sie als Junge gegessen hatte. Jetzt konnte Ryan sie zum ersten Mal selbst probieren. Er hatte immer gemeint, Leber sei schlimm genug – aber mit Knödeln ... igitt, eklig.

Es stellte sich heraus, dass sie köstlich waren. Als er seinen dritten Teller aufgegessen hatte, wurden Ryans Augenlider schwer. Die Wärme der großen Küche reichte fast aus, um jeden Gedanken an das fürchterliche Wetter draußen zu verdrängen. Er gähnte. Es war ein langer und aufregender Tag gewesen.

„Du kannst gerne nach oben gehen und dich ins Bett legen, wenn du müde bist“, schlug seine Tante vor. „Wir haben dich in dem kleinen Zimmer direkt unter dem Dach untergebracht. Das war das Zimmer deines Vaters. Ich glaube, es ist sogar noch das gleiche Bett, obwohl es inzwischen eine neue Matratze hat!“

„Großartig“, sagte Ryan.

Ryans Vater, Peter Schilling, war in Oberdorf geboren und hatte dort gelebt, bis er zum Arbeiten ins Ausland gezogen war. Dort hatte er Ryans Mutter kennen gelernt.

Das war vor zwanzig Jahren gewesen. Sie hatten geheiratet und etwas später wurde Ryan geboren. Peter war seither nie mehr in Oberdorf gewesen.

Tante Ingrid sah Ryan an. „Du möchtest sicher gern deine Eltern anrufen, bevor du ins Bett gehst“, sagte sie und schob ihn in den Flur. „Damit sie wissen, dass du heil angekommen bist.“

Ryan nahm den Hörer ab. Das Telefon war tot.

„Was ist los?“, fragte Tante Ingrid und nahm ihm den Hörer aus der Hand. Genervt murmelte sie etwas. „Karl!“, rief sie dann laut. „Die Leitung muss zusammengebrochen sein.“

„Das liegt am Wetter“, sagte Onkel Karl und trat aus der Küche in den Flur. Ryan bemerkte plötzlich, dass der Wind an den Fensterläden und Türen rüttelte. „Ein Telefonmast muss umgestürzt sein. Sie werden ihn wieder aufrichten, wenn es aufhört zu schneien.“

„Du kannst das Handy probieren“, sagte Ryans Tante. Sie verließ den Raum und kam mit einem Handy zurück, das sie Ryan reichte. Es funktionierte auch nicht.

„Das ist seltsam“, sagte Onkel Karl. „Die Batterie ist frisch aufgeladen. Vielleicht stört das Wetter den Funkkontakt. Wie auch immer, wir können nichts machen. Du wirst es einfach morgen noch mal versuchen müssen.“

Ryan lächelte. „Okay“, sagte er. „Gute Nacht.“

„Gute Nacht, Ryan“, erwiderten sein Onkel und seine Tante. „Träum was Schönes!“

Ryan drehte sich um und sah noch einmal zurück. „Danke“, sagte er, aber – einen flüchtigen Moment lang und ohne ersichtlichen Grund – kehrte das merkwürdige Gefühl des Unbehagens zurück, das er draußen gespürt hatte. Aber hier war alles so freundlich, so gemütlich. Ich bin bloß müde, dachte er.

Das Zimmer war genau so, wie sein Vater es beschrieben hatte. Es hatte eine niedrige, schräge Decke und anstelle von Vorhängen verdunkelten geschlossene Fensterläden den Raum. Eine Kuckucksuhr tickte leise an der Wand. Schnell zog Ryan sich aus, schlüpfte unter ein bauschiges weißes Federbett und löschte das Licht.

Draußen pfiff und heulte immer noch der Wind. Unten hörte Max nicht auf zu jaulen. Erst als ein letztes, wütendes „Ruhe, Max!" von Onkel Karl ihn endlich zum Schweigen brachte, hörte Ryan die anderen verzweifelten Rufe. Es war, als ob alle Hunde in Oberdorf durch etwas nervös gemacht wurden. War es das Wetter? Oder war da noch etwas anderes?

Ryan zog sich die Bettdecke über die Ohren, um das Geheule nicht zu hören. Er stellte sich seinen Vater als Kind vor, behaglich zugedeckt und mollig warm im weichen Daunenbett. Die Augen fielen ihm zu und er sank fast sofort in einen tiefen, festen Schlaf. „Träum was Schönes", hatten sie gesagt, und er hatte tatsächlich einen schönen Traum ... zunächst. Später in der Nacht jedoch drangen die Geräusche des Schneesturms in Ryans Gedanken. Nach und nach wurde sein Traum zu einem Albtraum.

4 Der Albtraum

Ryan saß in einem leeren Zugabteil. Er war auf dem Weg nach Steinfeld, auf dem Weg zu Onkel Karl, auf dem Weg dorthin, wo sein Vater geboren war. Er musste bald aussteigen. Ein Bahnhof nach dem anderen rauschte vorbei, aber der Zug hielt nicht an. Der Zug konnte nicht anhalten. Er fuhr und fuhr, tiefer und immer tiefer in einen dichten Wald hinein. Ryan blickte hinaus durch wildes Schneegestöber und den jähen Abgrund hinunter, der neben den Schienen senkrecht ins Nichts abfiel. Im nächsten Moment fand er sich auf dem Gang wieder, er taumelte und stolperte durch unendlich viele leere Abteile. Plötzlich tauchte eine verschlossene Tür bedrohlich vor ihm auf. Die Spitze des Zuges. Rote Buchstaben auf einem riesigen Schild leuchteten auf und erloschen wieder. Die blinkende Botschaft lautete:

ZUGFÜHRER
Kein Ausgang

Ein rhythmisches Geräusch von dumpfen Stößen, die immer schneller zu werden schienen, dröhnte in Ryans

Kopf ... und das schrille metallische Kreischen der weiterjagenden Räder. Dann fiel er. Mit den Armen rudernd raste er auf die Tür zu ... und fiel einfach hindurch ins Führerhaus. Es war leer. Riesige Buchstaben blinkten vor seinen Augen:

Kein Ausgang

KEIN ZUGFÜHRER

Ryan suchte die Bremse, sah aber nur Knöpfe und Schalter. Rote Knöpfe, blaue Knöpfe, grüne Knöpfe ... aber welcher Knopf würde den Zug anhalten?

Am Fenster rauschte dunkel und verschwommen der Wald im Schneegestöber vorbei. Ryan stolperte durch einen nicht enden wollenden Tunnel. Und die ganze Zeit über kratzten und schrammten die Kiefernzweige am Fenster und der kalte Schnee stach wie Nadeln in sein Gesicht.

„Das ist nur ein Traum", sagte Ryan sich. Aber er konnte nicht aufwachen.

Der Zug war verschwunden. Ryan war im Wald. Allein und voller Angst. „Das ist nur ein Traum. Ich muss aufwachen. Das ist nur ein Traum ..." Aber er konnte die Kälte spüren. Er konnte den Schnee unter seinen Füßen knirschen hören. Er konnte sehen, wie sein nebliger Atem sich im schattigen Mondlicht spiralförmig kräuselte ... und aus irgendeinem Grund wusste er, dass er verfolgt wurde. Jetzt zählte nur Entkommen.

Ryan hastete blindlings durch das dichte Unterholz.

Kiefernzweige schlugen ihm ins Gesicht, spitze Dornen zerrissen seine Kleidung und knorrige Wurzeln ließen ihn stolpern … doch er lief weiter. Dann hörte er den klagenden Ruf eines heulenden Hundes, eines heulenden Wolfes, hundert heulender Wölfe … Kein Entkommen.

Der Wald wurde dichter, so dicht wie eine Hecke. Auf allen vieren kroch er jetzt weiter. „Entkommen, du musst entkommen. Das ist nur ein Traum …"

Plötzlich befand er sich auf einer tief verschneiten Lichtung am Rande eines hohen, dunklen Waldes. Und direkt vor ihm war eine Reihe glühender, gelber Augen. Er öffnete den Mund zu einem Schrei, aber er konnte keinen Laut hervorbringen. Er wollte zurückrennen, aber seine Beine waren wie festgewachsen. Die gelben Augen starrten ihn aus der Dunkelheit an und wurden langsam größer.

Plötzlich stand er Auge in Auge mit einem einzelnen riesigen Biest mit dickem, weißem Fell und kalten, gelben Augen. Ryan wich zurück. Der Wolf machte einen Riesensatz und entblößte sein gelbes Gebiss …

Ryan riss seine Arme hoch, als der heiße, stinkende Atem sein Gesicht traf, dann fiel er über einen weißen Schneehaufen, stürzte über die Kante und einen jähen Abgrund hinunter, der senkrecht ins Nichts …

Er landete auf etwas Hartem, das sich kalt und glatt anfühlte. Er hob den Kopf und blickte nach oben. Er saß am Fuß einer Marmortreppe, die sich außen um einen hohen Turm wand … ein Turm, der wie ein schwarzer Marmorfinger in den Himmel zeigte. Hoch oben schlug eine Glocke.

Es war eine Turmuhr.

Dann befand Ryan sich auf halber Höhe der Wendeltreppe, die sich wie eine gigantische Rutschbahn um den Turm wand ... Kein Entkommen. Ohne die geringste Anstrengung stieg er höher und höher. Die Wände, glatt wie Glas, spiegelten einen zweiten Ryan wider, der neben ihm hinaufkletterte. Hoch und höher und immer höher ...

Plötzlich endete die Treppe. Er stand vor einer leeren Marmorwand. Die Wölfe heulten weit unter ihm. Keine Tür. Kein Entkommen. Über ihm verschwand die Spitze des Uhrenturmes in den Wolken.

„Und keine Möglichkeit, dort hochzukommen", hörte er sich selber sagen.

„Oh doch, es gibt eine", kam eine Stimme. Sein Spiegelbild grinste ihn an.

„Ich träume", sagte Ryan. „Das ist ein Traum."

„Dann wach doch auf." Sein Spiegelbild redete mit ihm. „Kommst du rein oder nicht?", fragte es. Dann streckte es die Hand aus. Das Spiegelbild streckte Ryan seine eigene Hand entgegen ... und wurde mit einem plötzlichen Ruck durch die massive Marmorwand in das Innere des Turms gezogen, wo die Treppe weiterführte und sich im Dunkel verlor. Und er kletterte weiter empor, eine Marmorstufe nach der anderen.

Ein blasser, fahler Schein schimmerte durch die

schmalen Mauerritzen. „Kein Entkommen", keuchte er. „Kein Entkommen."

Jetzt befand Ryan sich in einem dunklen Durchgang, der so schmal und niedrig war, dass er auf den Knien weiterkriechen musste. Es war so dunkel, dass er die Hand vor Augen nicht sehen konnte.

Und die Luft.

Es war keine Luft da.

Es wurde immer schwerer ... zu ... atmen ...

Verzweifelt tastete er sich an den glatten Wänden entlang in der Hoffnung, eine verborgene Tür zu finden. Aber da war nichts. Kein einziger der kalten, glatten Steinquader rührte sich.

Kein Entkommen.

Ich werde umkehren müssen. Ich muss umkehren.

Aber er konnte nicht umkehren. Es war zu eng, um sich umzudrehen, und egal in welche Richtung Ryan seine Arme und Beine ausstreckte, er stieß gegen eine Wand. Es war eine Falle. Es war die ganze Zeit eine Falle gewesen ... Er war in einem schwarzen Marmorsarg gefangen.

„Hilfe!", rief er voller Verzweiflung.

„HILFE?", dröhnte eine unheimliche Stimme. „DU BIST OHNE ERLAUBNIS IN DEN TURM GEKOMMEN", rief sie. „UND JETZT RUFST DU UM HILFE?"

„Aber ich wusste nicht ..."

„DEINE UNWISSENHEIT IST FÜR MICH NICHT VON BEDEUTUNG", gab die unheimliche Stimme scharf zurück. „JETZT BIST DU HIER, UND HIER WIRST DU BLEIBEN."

Ryan krallte sich wie wild an den Wänden fest. Er musste entkommen. Er musste ... Er musste ...

Die unheimliche Stimme begann wieder zu sprechen, sie war so laut, dass sie den schwarzen Marmor zum Vibrieren brachte.

„ES GIBT KEIN ENTKOMMEN ... ENTKOMMEN ... ENTKOMMEN ...", brüllte sie. Das Echo der Worte hallte wider und verschwand im Nichts. Kein Entkommen.

„Dies ist nur ein Traum", sagte Ryan sich immer wieder. „Nur ein Traum."

5 Notfall!

Ryan schreckte aus dem Schlaf hoch. Er öffnete die Augen und unterdrückte einen Schrei. Er konnte nichts sehen, er konnte sich nicht bewegen – er konnte sogar kaum atmen. Er war noch immer in dem schwarzen Marmorsarg gefangen ...

Dann merkte er, dass die „Wand" direkt über ihm weich und warm war. Es war nur die Bettdecke! Er strampelte sich frei. Mit schweißnassem Körper lag er einen Moment still und atmete schnell und flach vor Erleichterung. Der Albtraum war ihm noch lebhaft vor Augen.

Ryan setzte sich im Bett auf. Er hatte schon öfters Albträume gehabt, aber dieser war anders. Er sah die Geschehnisse noch klar vor sich; jede Bewegung, jedes Geräusch ... der Zug, der Wolf, das Läuten der Glocke, der Uhrenturm, der wie ein schwarzer Marmorfinger in den Himmel zeigte, und die unheimliche Stimme. Und am merkwürdigsten war, dass er die Angst, die er ausgestanden hatte, immer noch spürte. Sie lauerte irgendwie direkt unter der Oberfläche. Er zitterte. Die Erinnerung, im Uhrenturm eingemauert zu sein, war erschreckend deutlich.

Er stieg aus dem Bett, zog sich an und tapste durchs

Zimmer. Er fummelte am Riegel und öffnete das Fenster. Dann versuchte er die Fensterläden aufzumachen. Zuerst bewegten sie sich überhaupt nicht. Dann rutschte mit einem Wusch der Schnee auf dem Fenstersims nach unten in eine Schneewehe, die Fensterläden flogen auf und greller Sonnenschein füllte den Raum.

Er sah hinaus. Alles war weiß, sanft hügelig und glitzernd im hellen Sonnenlicht. Es war, als wenn man aus einem Flugzeug hinunter auf die Wolken schaut, nur ohne das Brummen eines Motors. Es war völlig still. Kein Lüftchen regte sich, die Hunde waren still und kein einziger Vogel sang. Es war bitterkalt und Ryan wollte schnell die Fenster schließen. Doch der Klang von Glocken, der die Stille zerriss, ließ ihn in der Bewegung erstarren. Sie klangen wie die Glocken, die er in seinem Traum gehört hatte. Eins, zwei, drei, vier ...

Für den Bruchteil einer Sekunde schien der Himmel zu zerreißen – er riss in zwei Stücke wie eine blaue Leinwand, die von einem Messer aufgeschlitzt wird. Ryan starrte wie hypnotisiert den Riss an und dann durch ihn hindurch in eine gähnende Schwärze. Dann – so plötzlich wie er sich geöffnet hatte – schloss sich der Himmel wieder wie eine sofort heilende Wunde. Die Uhr in der Ferne schlug weiter. Sechs, sieben ...

Ryan raste die Treppe hinunter und stieß unten mit seinem Onkel zusammen. „Onkel Karl –“, platzte er heraus.

„Gleich, Ryan“, sagte sein Onkel. „Die Lage ist schlimmer, als ich angenommen hatte.“

„Aber der Himmel!“, stieß Ryan hervor.

„Ich weiß, der Himmel ist wieder klar“, sagte Onkel Karl. „Aber der Schnee ist ein Albtraum. Bei ein paar Häusern reichen die Schneeverwehungen bis ans Dach und nicht mal die Schneeräumfahrzeuge können durchkommen.“

„Aber –“

„Die Telefonleitungen sind zusammengebrochen, das Handy funktioniert immer noch nicht und sogar der Computer ist kaputt“, fuhr sein Onkel fort, indem er Ryan in die Küche führte. „Wir sind abgeschnitten. Ganz Oberdorf ist von der Außenwelt abgeschnitten.“

Tante Ingrid blickte vom Tisch auf, als sie in den Raum traten. „Guten Morgen, Ryan“, sagte sie mit einem müden Lächeln. „Hast du gut geschlafen? Setz dich, setz dich.“

Vor ihm auf dem Tisch standen Salami, Schinken, Käse, Brötchen, Kaffee und Orangensaft. Trotz des Feuers fröstelte er. Ryan begann sich zu fragen, ob er sich nur eingebildet hatte, was er gerade am Himmel gesehen hatte – ob sein Verstand ihm nach dem Albtraum einen Streich gespielt hatte – oder vielleicht hatte es etwas mit diesem verrückten Wetter zu tun. Er fühlte sich ruhiger in der Gesellschaft seines Onkels und seiner Tante, obwohl das, was sie besprachen, nicht gerade gute Nachrichten waren.

„Ich frage mich, wie die Leute höher oben in den Bergen klarkommen, Karl“, sagte Tante Ingrid. „Wenn der Schnee hier unten schon so hoch liegt, mag ich gar nicht daran denken, wie es bei ihnen oben aussieht.“

„Wir werden uns erkundigen müssen“, sagte Onkel Karl mit grimmiger Miene.

„Gibt es keine Berichte darüber im Radio oder Fernsehen?", fragte Ryan.

„Wer weiß?", sagte sein Onkel. „Sie funktionieren genauso wenig wie alles andere. Ich nehme an, es ist eine Art klimatischer Störung." Er schüttelte den Kopf. „So was habe ich noch nie erlebt."

„Das gefällt mir nicht, Karl", sagte Tante Ingrid.

Onkel Karl sah den besorgten Ausdruck auf Ryans Gesicht und grinste breit. „Nun, wir werden klarkommen müssen, so gut wir können, denn im Moment gibt es kein Entkommen!", sagte er und legte Ryan freundschaftlich den Arm um die Schultern. „Nun iss schon. Wenn du so bist, wie dein Vater in deinem Alter war, wirst du das hier im Nu wegputzen."

Aber Ryan war mit seinen Gedanken nicht beim Frühstück. Kein Entkommen, hatte sein Onkel gesagt. In seinem Albtraum hatte er ständig versucht zu entkommen ... und war jedes Mal wieder gescheitert. Kein Entkommen. Genau das waren die Worte dieser seltsamen, unheimlichen Stimme gewesen, die die Macht hatte, die schwarzen Marmorwände, die ihn einschlossen, zum Vibrieren zu bringen. Kein Entkommen. Die Worte, die ihn im Schlaf verfolgt hatten.

Reiß dich zusammen, dachte Ryan und nahm einen Schluck Orangensaft. Es war nur ein blöder Traum. Es gab jetzt viel wichtigere Dinge, über die man nachdenken musste.

„Wir müssen überlegen, was alles zu tun ist", sagte sein Onkel gerade. „Da ist einmal das Päckchen für Marta." Er nickte mit dem Kopf in eine Ecke des Raums, wo ein in braunes Papier eingepacktes Päckchen lag. „Es steht dringend drauf“, erklärte er. „Und wir sollten sowieso nachsehen, ob bei ihr alles okay ist. Wenn du es vorbeibringen könntest, Ingrid, dann gehe ich und sehe nach dem alten Geisselhardt und seiner Frau. Nimm Max mit.“

Tante Ingrid nickte. „Ich werd etwas Suppe warm machen. Du weißt ja, sie liebt meine ...“

In diesem Moment klopfte es laut an der Haustür. Onkel Karl ging aufmachen.

„Daniel!“, sagte er zu einem kleinen Mann, der eine riesige Mütze mit Ohrenschützern und eine alte Jacke trug. Die Jacke war bis zum Hals zugeknöpft und schien fast aus den Nähten zu platzen wegen der vielen Pullover, die sich darunter befanden. „Was gibt’s Neues?“

„Schlechte Neuigkeiten, fürchte ich“, sagte der Mann. „Es geht um die Familie Stock. Hans ist beruflich unterwegs, Eva kann jeden Moment ihr Baby bekommen und wir kriegen sie auf keinen Fall runter ins Krankenhaus nach Steinfeld oder den Arzt zu ihr.“

„Wir müssen sofort zu ihr rübergehen“, sagte Tante Ingrid.

Onkel Karl stimmte zu. „Richte ihnen aus, dass wir auf dem Weg sind, Daniel“, sagte er.

Der Mann nickte und ging los.

In der nun folgenden Hektik wäre Ryan fast vergessen worden. Als die beiden dann gehen wollten, wandte Onkel Karl sich an ihn.

„Es tut mir Leid, Ryan. Ich glaube, du bleibst besser

hier“, sagte er. „Die Verhältnisse da draußen sind tückisch. Deine Eltern wären sicher nicht begeistert, wenn wir dich mit Frostbeulen nach Hause schicken würden.“

„Das verstehe ich“, seufzte Ryan und versuchte seine Enttäuschung nicht zu zeigen. Er wäre sehr gern mitgegangen. Und was in aller Welt sollte er ganz allein im Haus anfangen?

„Wir lassen dir Max als Gesellschaft hier“, fügte sein Onkel hinzu. Ryan fand die Idee nicht so toll, aber er hatte das Gefühl, das könnte er Onkel Karl nicht sagen. Er hoffte inständig, dass der Hund sich benehmen würde, wenn Herrchen und Frauchen fort waren. Onkel Karl öffnete die Haustür.

„Viel Glück“, sagte Ryan. Doch als er ihnen hinterhersah, wie sie in ihren knallroten Daunenjacken durch die eintönige weiße Landschaft stapften, fühlte er, wie sein Magen sich zusammenzog. Hoffentlich würde ihnen nichts passieren.

Da er sonst nichts zu tun hatte, nutzte Ryan die Gelegenheit, das Haus zu erkunden. Er brauchte nicht lange. Es gab zwar viele Zimmer, aber mehrere standen leer. Im Zimmer neben seiner Dachstube stand ein Computer. Ryan betrachtete ihn und pfiff durch die Zähne. Er war fantastisch: ein riesiger Bildschirm, Scanner, Laserdrucker, CD-ROM, Modem ... Er sah aus, als könne man alles damit machen. Ryan setzte sich an den Tisch und schaltete ihn ein.

Der Computer hustete und surrte. Das, was auf dem Bildschirm zu sehen war, sah auch nach Schneesturm aus.

Onkel Karl hatte Recht. Er schien tatsächlich kaputt zu sein. Ryan schaltete ihn wieder ab, aber der Bildschirm blieb an ... und der Schnee begann Formen anzunehmen. Fasziniert sah Ryan zu. Erst erschien ein Halbkreis, dann ein Kreis – und noch ein Kreis. Schließlich bewegte sich eine Zickzacklinie über den Bildschirm. Es verschlug Ryan den Atem. Da bildeten sich Buchstaben. Sie waren etwas verwackelt, aber es war unzweifelhaft zu erkennen, was da stand:

UNHEIL

Ryan war sehr beunruhigt. Sogar sein Onkel könnte für so was nicht den „Klimaverhältnissen" die Schuld geben. Konnte es sein, dass in Oberdorf noch merkwürdigere Dinge passierten als nur ein verrückter Schneesturm?

Als Ryan wieder unten war, fiel sein Blick auf das braune Päckchen in der Küchenecke. Dringend, hatte sein Onkel gesagt. Er ging hinüber und sah es sich genauer an. Das Paket war zugeschnürt und adressiert an:

Frau
M. Martine
Das Blockhaus
Dunkelwald
Oberdorf

Ryan überlegte. Ihm kam der Gedanke, dass er das Päckchen vorbeibringen könnte. Schließlich stand drauf, dass es dringend war, und er könnte doch bestimmt mithilfe einer Karte rausfinden, wo er hinmusste. Außerdem hatte es so geklungen, als würden Onkel Karl und Tante Ingrid Ewigkeiten weg sein – er wäre lange vor ihnen wieder zurück.

Nach einigem Suchen fand er in einer Küchenschublade eine Karte – und einen Kompass, eine Taschenlampe und ein Schweizer Taschenmesser. Er breitete die Karte auf dem Küchentisch aus und sah, dass das Blockhaus mit einem Stift gekennzeichnet worden war. Es befand sich im Wald etwas nördlich des Dorfes und, wenn die Karte stimmte, gab es einen Pfad genau hinter dem Haus, der ihn direkt hinführen würde.

Perfekt, dachte Ryan. Auf dem Pfad könnte er sich wohl nicht verirren und mit etwas Glück würde der Schnee im Wald unter dem Schutz der Kiefern nicht so tief sein.

„Und außerdem“, sagte er zu sich selbst, „habe ich Max bei mir. Es wird schon gut gehen.“

6 Der dunkle Wald

Zehn Minuten später war Ryan fertig. Er legte eine gekritzelte Nachricht auf den Tisch, wo er hingegangen war, nur für alle Fälle, und stopfte das Päckchen in seinen leicht angekauten Rucksack. Mit tastenden Fingern befestigte er die Leine an Max' Halsband. Er nahm einen letzten Atemzug warmer Luft und öffnete die Tür.

Draußen waren riesige Schneeverwehungen neben dem Haus. Er sah Fußabdrücke, wahrscheinlich von seiner Tante oder seinem Onkel ... tiefe Löcher im dichten weißen Schnee. Die Kälte war betäubend.

„Wir gehen zu Marta Martine", sagte er zu dem Hund. „Es könnte um Leben und To..."

Im selben Moment, als Max den Namen der Frau hörte, zog er Ryan die Leine aus der Hand, sprang in den Schnee und verschwand darin bis zum Hals. Ryan lächelte und folgte ihm behutsam. Der Schnee reichte ihm bis zu den Oberschenkeln. Es dauerte lange, bis er die kurze Entfernung zum Waldrand geschafft hatte.

Genau wie er gehofft hatte, war der Schnee auf dem Waldboden lange nicht so tief – er ging ihm nur bis zu den Knöcheln und man kam recht gut voran. Womit er allerdings nicht gerechnet hatte, war, dass der Pfad so steil war. Max lief fröhlich vor ihm her und Ryan war bald außer Atem.

„Bei Fuß", rief er und erinnerte sich, wie ungehorsam der Hund am Bahnhof gewesen war. Diesmal jedoch gehorchte Max. Ryan ergriff die Leine und Max trottete neben ihm her.

„Guter Hund", sagte er und streichelte vorsichtig seinen Kopf und Hals. Max blickte sich um und leckte Ryans Handschuh.

Als die beiden tiefer in den stillen Wald gingen, erschauderte Ryan. Die schneebedeckten Zweige der Kiefern hoch über seinem Kopf hielten das Licht ab und warfen dunkle Schatten über den Waldboden. Je tiefer sie in den Wald kamen, desto dichter standen die Bäume. Spitze Dornen. Knorrige Wurzeln. Alles schien merkwürdig vertraut. Die Steine, die Zweige, sogar der Pfad selbst. Es war, als ob er schon einmal hier gewesen wäre. Das war er tatsächlich – in seinem Albtraum. Dies war der Wald aus seinem Albtraum.

Während er sich selbst einredete, dass das Blödsinn war, suchte er in den Schatten nach dem verräterischen Funkeln gelber Augen.

Natürlich gab es hier keine Wölfe, jedenfalls nicht in diesem Wald. Max wedelte ja auch fröhlich mit dem Schwanz, also konnte es auf keinen Fall welche geben, aber ... aber ... Ryan begann trotzdem wieder zu laufen. Er lief und lief.
Mal war er vorne, mal überholte Max ihn. Sie liefen immer weiter, rasten zwischen den Bäumen den Berghang hoch,

bis sie endlich – atemlos und erschöpft – eine Lichtung erreichten.

Ryan sah auf. Vor ihm auf der Lichtung, eingebettet in den dichten Schnee, stand ein kleines Blockhaus. Es sah aus wie aus einem Märchen – einladend, fast wunderschön, und doch aus einem sonderbaren Grund unheimlich in dieser düsteren Umgebung. Es erinnerte ihn an ein Bild in einem Buch, das er als kleiner Junge gehabt hatte.

„Komm, Max“, sagte Ryan. „Lass uns das Päckchen abgeben.“

Ryan nahm das Päckchen aus seinem Rucksack und klopfte vorsichtig an die Haustür. Fast sofort flog die dicke Holztür auf. Ryan stand Auge in Auge mit einer alten Frau, die nicht größer war als er selbst.

„Was willst du?“, schnauzte sie ihn an. Ihre Stimme war rau und krächzend.

Ryan bemühte sich, sie nicht anzustarren, aber das war schwierig. Sie hatte ein Mähne aus goldenen Locken und war so stark geschminkt, dass er das Gefühl hatte eine Maske anzusehen. Eine sehr wütende Maske. Ryan streckte ihr das Päckchen entgegen.

„Das ist für Sie“, sagte er nervös.

Die knotigen Hände der Frau ergriffen das Päckchen und rissen das Papier auf. Eine grüne Dose kam zum Vorschein. „Wunderbar!“, sagte sie, und ein breites Lächeln erschien auf ihren knallroten Lippen. „Komm rein. Komm rein.“ Sie trat zur Seite, um ihn hereinzulassen.

Ryan zögerte, er mochte nicht eintreten. „Ich sollte mich eigentlich schnell auf den Heimweg machen“, sagte er.

„Quatsch. Komm rein", sagte die alte Frau, streckte eine knochige Hand aus und legte sie auf seinen Arm. „Du bist nicht von hier, nicht wahr?", fügte sie argwöhnisch hinzu. So, wie sie es sagte, klang es wie ein Vorwurf.

„Nein", sagte er. „Ich bin Ryan Schilling. Ich besuche meine Tante und meinen Onkel ..."

„Natürlich", sagte die Frau und blickte auf Max hinunter, der merkwürdig still an Ryans Seite stand. „Die liebe Ingrid und der liebe Karl. Dachte ich's mir doch, dass das Max ist. Du bleibst doch bestimmt ein bisschen?"

Ihre Worte waren freundlich, doch die Art, wie sie sie sagte, war so gruselig. Oder vielleicht ist es nur ihr Aussehen, dachte Ryan. Ihre dunkelroten Lippen und ihre goldenen Haare ließen ihn an den Kopf einer Plastikpuppe denken, den man auf den Körper einer alten Tante gesteckt hatte. Scheußlich.

Der Hund ging gehorsam ins Haus und legte sich im Flur nieder. Er ist offensichtlich schon hier gewesen und hat es überlebt, dachte Ryan. Ich stell mich ja bloß an. Widerwillig folgte er dem Hund und Frau Martine schloss die Tür hinter ihnen und verriegelte sie.

„Damit sie nicht im Wind klappert", erklärte sie. „So, jetzt komm rein und wärm dich am Feuer. Ich setze Kaffeewasser auf."

Das kleine Holzhaus war heiß und stickig. Es stank nach altem Parfum und noch etwas anderem ... Bananenschalen. Die Räume waren so voll gepackt mit Möbeln und anderem Zeug, dass man kaum Platz zum Umdrehen hatte.

An den Wänden im Flur hing ein gerahmtes Schwarzweißfoto neben dem anderen, alles Standfotos aus alten Filmen. Als er die Fotos näher betrachtete, bemerkte Ryan, dass jedes Bild dieselbe wunderschöne Schauspielerin zeigte. Nur Make-up und Kostüme waren verschieden. Dann erkannte er das stählerne Glitzern in ihren Augen. Dies waren alles Fotos von Marta Martine – so wie sie vor langer Zeit ausgesehen hatte.

„Ja“, ertönte ihre Stimme hinter ihm. Ryan fuhr zusammen. „Ich war früher ein Filmstar. Dies sind einige meiner größten Rollen.“ Sie ergriff Ryans Arm und zog ihn den Flur entlang zu einem eingerahmten Zeitungsausschnitt.

„MARTA MARTINE: DIE ‚KÖNIGIN DER LEINWAND‘ ZIEHT SICH AUS DEM FILMGESCHÄFT ZURÜCK“, lautete die Überschrift. Das Datum war der 17. November 1947.

„Das war ich“, sagte sie stolz. „Ich habe zwar meinen Künstlernamen behalten, aber meine Bestimmung liegt nun hier im Herzen des Waldes. Der ganze Ruhm und Reichtum liegt jetzt hinter mir.“

Ryans Augen wanderten an dem eingerahmten Zeitungsausschnitt vorbei die Wand entlang. Plötzlich erstarrte er. Dort war ein Bild, das völlig anders war als alle anderen. Es war ein altmodischer Schwarzweißdruck. Ein Holzschnitt ... ein Holzschnitt eines Gebäudes, das Ryan sofort erkannte. Der quadratische Turm mit der Wendeltreppe und den kunstvollen Verzierungen – in den Himmel zeigend wie ein schwarzer Marmorfinger. Es war die Turmuhr aus seinem Albtraum ...

7 Die Stimme

„Das Bild da“, keuchte Ryan und zeigte mit einem etwas zitternden Finger hin. „Ist das aus einem ihrer Filme?“

Marta Martine starrte ihn an. „Nein“, sagte sie. „Warum fragst du?“

„Ich weiß nicht“, sagte Ryan zögerlich.

„Doch, du weißt es. Erzähl’s mir“, beharrte die alte Frau. „Du erkennst es wieder, stimmt’s?“

„Nein“, protestierte Ryan. „Nicht wirklich. Also, ich habe davon geträumt. Das ist alles.“

„Du hast von der Turmuhr des Unheils geträumt?“, fragte sie neugierig.

Die Turmuhr des Unheils? Das Wort traf ihn wie ein Keulenschlag. Es war dasselbe Wort, das er auf dem Bildschirm des ausgeschalteten Computers gesehen hatte.

Ryan starrte das alte Bild der wohl bekannten Turmuhr an und erinnerte sich an die Berührung des kühlen, glatten Marmors, an die Stufen, die er hinaufgeklettert war ... der dunkle Gang ... die Wände, die sich um ihn schlossen. Das war Quatsch. Es war nur ein Traum gewesen.

„Warum heißt sie die Turmuhr des Unheils?“, fragte er.

„Weil sie das ist. Es ist keine gewöhnliche Uhr“, sagte

Marta Martine. „Das, was sich im Innern befindet, macht sie so ... so besonders."

„Sie sind im Innern gewesen?", fragte Ryan. Er sah sein Albtraumbild der kalten, harten Steinquader um ihn herum vor sich. Kein Platz nach vorne. Kein Platz nach hinten. Kein Entkommen.

„Oh, nein", lachte die alte Frau, doch ihr Gesicht blieb ernst. „Seit Jahrhunderten hat niemand die Turmuhr des Unheils gesehen ... außer dir."

„Ich hab doch gesagt, es war nur ein Traum", meinte Ryan.

Es wurde langsam stickig in dem merkwürdig riechenden Flur.

„Nur ein Traum?", wiederholte Frau Martine. Sie fixierte ihn mit ihren stahlblauen Augen. „Manchmal steckt in Träumen mehr Wahrheit als du denkst." Sie ergriff wieder seinen Arm. „Komm mit. Du musst mir alles erzählen."

Ryan schüttelte misstrauisch den Kopf. „Ich sollte wirklich aufbrechen", sagte er. „Tante Ingrid wird ..."

„Komm schon!", wiederholte sie.

Plötzlich hörte Ryan ein fernes Ticken in seinem Kopf. Zuerst war es leise, dann wurde es immer lauter – bis es ein ohrenbetäubendes Hämmern war. Ryan presste die Hände auf die Ohren.

Die alte Frau trat einen Schritt zurück. Max winselte.

Aus dem hämmernden Getöse in seinem Kopf kam eine Stimme. *„Hilf mir"*, sagte sie. *„Du musst mir helfen."*

Die Stimme – es war die Stimme eines alten Mannes –

war schwach und stockend und sie sprach in seinen Gedanken. Und dann war sie wieder weg.

„Was ist los, Ryan?“, fragte eine andere Stimme. „Was ist los? Ist alles okay?“ Da merkte Ryan, dass die alte Frau mit ihm sprach und dass sie ihn schüttelte.

„J-ja. Alles okay, danke.“

Frau Martine führte ihn in ein voll gestopftes Wohnzimmer und drückte ihn in einen mit rotem Samt bezogenen Sessel. Sie setzte sich ihm gegenüber, schlug die Beine übereinander und faltete ihre ledrigen Hände über dem Knie zusammen.

„Was ist da gerade passiert?“, wollte sie wissen.

„Nichts ... Also, ich bin mir nicht sicher ...“

„Erzähl's mir“, sagte Frau Martine mit zusammengebissenen Zähnen.

„Ich weiß, dass sich das verrückt anhört“, sagte Ryan. „Aber es war, als hätte ich eine Stimme in meinem Kopf gehört.“

Seine außergewöhnliche Gastgeberin sah ihm in die Augen. „Ryan Schilling“, sagte sie streng. „Du bist doch nicht etwa hergekommen, um einer alten Frau einen Streich zu spielen?“

„Nein“, protestierte Ryan. Was für ein absurder Gedanke.

„Ich nehme an, du wirst mir erzählen wollen, du hättest noch nie von der Legende gehört?“, sagte sie. „Versuchst du mich zum Narren zu halten? Erst behauptest du von der Turmuhr des Unheils geträumt zu haben und jetzt erzählst du mir, dass du seltsame Stimmen hörst.“

„Ich versichere Ihnen, ich habe bis eben noch nie von der Turmuhr des Unheils gehört“, sagte Ryan. Er überlegte, wie er sich Max schnappen und das Haus verlassen könnte, ohne allzu unhöflich zu erscheinen. „Bevor ich Ihr Bild gesehen habe, wusste ich überhaupt nicht, dass sie existiert, und Sie haben mir ihren Namen genannt.“

Marta Martine brachte ihr Gesicht seinem ganz nahe. Er roch eine Mischung aus Parfum und dem Make-up, das eine Kruste auf ihrer ledrigen Haut bildete. Sie starrte ihm in die Augen.

„Ich glaube dir“, sagte sie schließlich. „Ich wusste, dass dieser Tag kommen würde. Der Tag, an dem die Turmuhr beschließen würde, sich an den Menschen zu rächen.“

Ryan guckte auf seine Füße hinunter. Das Gerede der alten Frau war ihm peinlich. Was schwatzte sie jetzt für wirres Zeug? Sie ist verrückt, dachte er. Durchgeknallt.

„Die Turmuhr des Unheils ist keine gewöhnliche Uhr“, sagte sie. „Gewöhnliche Uhren messen und verzeichnen den Lauf der Zeit. Die Turmuhr des Unheils jedoch wurde zu einem ganz anderen Zweck erbaut.“ Ihr Blick schweifte ab.

„Ach, tatsächlich?“, sagte Ryan höflich. Er fand, dass sie sich jetzt wie eine Gestalt aus einem ihrer alten Filme anhörte. Total „dramatisch“!

Marta Martine sah auf. „Die Turmuhr wurde konstruiert, um die Zeit zu kontrollieren.“

Max winselte im Flur und dann hörte Ryan ein klagendes Heulen. Es wurde lauter und lauter, bis es ein hohes Pfeifen war. Ryan bekam eine Gänsehaut.

„Das ist der Kessel“, sagte seine Gastgeberin und stand auf. „Ich bin gleich wieder da.“

Natürlich, es war nur ein pfeifender Kessel. Was hätte es auch sonst sein sollen? Ryan blickte Frau Martine hinterher, als sie das Zimmer verließ. Er rutschte näher ans Feuer und besah sich ein paar Regale, die voll gepackt waren mit Büchern über Mythen, Märchen und Legenden.

Die alte Frau kam mit einem dampfenden Becher in jeder Hand zurück.

„Der Kaffee, den du mir gebracht hast“, erklärte sie und stellte einen Becher auf die Lehne seines Sessels.

„Kaffee? Was für Kaffee?“, fragte Ryan.

„Der Kaffee in dem Päckchen“, erklärte sie.

„Wie – es war bloß Kaffee? Ich dachte, es wäre dringend –“

„Du solltest mich mal ohne meinen Kaffee sehen“, kicherte sie. Sie setzte sich wieder hin und nippte an dem dampfenden Gebräu. „Himmlisch“, schnurrte sie.

Ryan lachte. Der Bann war gebrochen. Dies war keine Hexe im Wald. Dies war nur eine alte Frau, die früher mal ein Filmstar gewesen war und die jetzt ihre Schönheit verloren hatte und zu viel Make-up trug. Zugegeben, sie redete etwas merkwürdiges Zeug. Aber sie war einfach nur ein bisschen übergeschnappt, das war alles.

„Erzählen Sie mir doch mehr über die Turmuhr des Unheils“, sagte er.

„Ich weiß noch etwas Besseres“, erwiderte sie. „Du kannst es selber nachlesen. Ich habe es immer gewusst, dass es mehr als eine Legende ist.“ Sie ging zu einem der Bücherregale. „Es ist in einem Buch mit rotem Einband ... Ah, hier haben wir's ja."

Marta Martine blätterte in dem Buch herum, schlug eine bestimmte Seite auf und reichte es Ryan.

Er las die Überschrift. Da stand es, schwarz auf weiß: „Die Legende von der TURMUHR DES UNHEILS". Er begann zu lesen.

8

Die Legende von der Turmuhr des Unheils

Es war einmal vor langer, langer Zeit, da lebte im Königreich Alpenpfalz ein Zauberer mit Namen Magoria, der Magier. Er war ein berühmter Hexenmeister von großem Wissen und gewaltiger Macht. Er kannte das Geheimnis der Zahlen und die verborgenen Kräfte von Erde, Luft, Feuer und Wasser. Eine Aura von Magie umgab ihn wie ein dichter Nebel.

Wie alle Zauberer hatte auch Magoria einen Lehrling, der ihm bei seiner Arbeit half. Dieser Mann, Wytchwood genannt, kam aus einem fernen Land, und obwohl ihm Magorias magische Kräfte fehlten, war er doch von sehr viel größerer Weisheit als sein Meister.

Alpenpfalz, ein kleines, aber wohlhabendes Königreich in den Bergen, wurde von einem Prinzen regiert, der in Oberdorf einen herrlichen Palast erbaut hatte. Sein Wunsch war nun, dieses königliche Heim mit seltsamen Wundern zu füllen, um die sie von anderen Königreichen beneidet würden. Da bat der Prinz Magoria, den Magier, um Hilfe. Als Gegenleistung überhäufte der dankbare Prinz den Zauberer mit allem, was dieser sich nur wünschte. Die Luft um den Palast war angefüllt mit Magie.

Die Leute kamen von weit her, um die neusten Wunder zu sehen, die beim Prinzen vorgeführt wurden: eine Flugmaschine, ein schwebender Garten, glühende Kugeln, die jeden Raum erleuchteten, und Springbrunnen, die niemals zum Stillstand kamen und nie einfroren.

Für den Prinzen waren dies einfach Wunder, die man bestaunte. Für Magoria jedoch stellten sie den Gipfel seiner magischen Kräfte und seiner Herrschaft über die Elemente dar.

Da brachte eines Tages ein Bauer einen sonderbaren Stein zu Magoria. Dieser Kristall sei eines Tages vom Himmel gefallen, behauptete der Bauer, und besitze die Kraft, einen Tannenzapfen im Handumdrehen zu einer mächtigen Kiefer heranwachsen zu lassen.

Und so kam es, dass der Magier seine Aufmerksamkeit der Zeit zuwandte, und bald ging alles fürchterlich schief.

Magoria begann, einen Zauber zu ersinnen, der die unglaublichen Eigenschaften des Kristalls aus dem Himmel vervielfachen und kontrollieren würde. Sein Lehrling Wytchwood musste schwören, dass er Stillschweigen bewahren würde. Nicht einmal der Prinz wusste, was der Magier vorhatte. Obwohl Wytchwood keiner Seele von Magorias Plänen erzählte, hielt er sie doch für gefährlich und unklug.

„Sollten Sie wirklich mit etwas arbeiten, das Sie nicht ganz und gar verstehen, Meister?“, fragte er.

Aber Magoria wollte nichts davon hören. „Meine Zauberkunst ist stark genug, auch die mächtigsten Kräfte zu zähmen“, argumentierte er. „Die Menschen in Alpenpfalz haben ein schweres Leben. Es ist ihre harte Arbeit, mit der das angenehme Leben des Prinzen und damit auch meine magischen Werke bezahlt werden. Lass uns zurückzahlen, was wir ihnen schulden, indem wir einen Weg finden, den Willen des Kristalls zu beherrschen, sodass wir ihre Not lindern können."

Schöne Worte, dachte Wytchwood, aber er hatte den Verdacht, dass sein Meister sich in Wirklichkeit mit dieser Sache als der größte Zauberer aller Zeiten beweisen wollte.

„Ich werde einen Uhrenturm bauen – einen reich verzierten Turm, der es wert ist, diesen Kristall in seinem Innern zu beherbergen", erklärte Magoria. „Aber es wird keine gewöhnliche Uhr sein. Diese magische Uhr wird es mir ermöglichen, die Zeit zu kontrollieren, sodass die langen, mühevollen Stunden der Menschen wie im Fluge vergehen, während die Momente des Glücks Ewigkeiten dauern. Es wird meine Turmuhr der unbegrenzten Möglichkeiten sein!"

„Die Zeit kontrollieren?", protestierte Wytchwood. „Unmöglich. Das kann man nicht tun! Die Zeit ist nur ein Maß, das besagt, ob Dinge schon vergangen sind, gerade geschehen oder noch geschehen werden."

„Wie wenig du gelernt hast, Wytchwood", sagte der Magier verächtlich. „Wie sehr du dich irrst. Mit diesem Kristall und meiner stärksten Zauberkraft werde ich die Vergangenheit zur Gegenwart und die Zukunft zur Vergangenheit machen können – was immer ich will. Ich werde die Zeit beschleunigen und verlangsamen können."

Wytchwood jedoch protestierte weiter gegen die Gefahr, mit unbekannten Dingen zu arbeiten. Der Magier wollte nichts davon hören.

„Genug!“, befahl er. „Ich bin der Meister und du der Lehrling.“

Und währenddessen pulsierte und leuchtete der Kristall in seinem Bleikästchen neben ihnen auf der Werkbank.

Also begann die Arbeit. Magoria zeichnete Pläne für eine marmorne Turmuhr, die den Kristall beherbergen sollte, und begann einen Zauber zu ersinnen, der ihn und damit die Zeit selbst kontrollieren sollte.

Wytchwood organisierte im bergigen Waldgebiet nahe dem königlichen Palast den Bau einer hohen Turmuhr aus schwarzem Marmor, wobei er dem Bauplan seines Meisters bis ins Kleinste folgte. Die Arbeit wurde hinter einem riesigen Vorhang aus Tuch ausgeführt, damit die Städter und die Dorfbewohner nicht sehen konnten, was gebaut wurde.

Als endlich der festgesetzte Tag gekommen war, waren zehnmal mehr Menschen in Oberdorf als normalerweise dort wohnten. Die Menschen waren von weit her gekommen, aus Dörfern und Städten und anderen Königreichen, um die Enthüllung des mysteriösen Baus mitzuerleben. Auf dem Ehrenplatz in der ersten Reihe saßen der Prinz und seine Braut.

Magoria stand vor seinem Werk, blickte hinauf und hob die Arme. „Ich gebe euch hier – die Turmuhr der unbegrenzten Möglichkeiten“, rief er.

Nach diesem vereinbarten Signal zog Wytchwood an

einem Seil und der weiße Seidenvorhang, höher als das größte Segel, flatterte zu Boden.

Es verschlug allen den Atem, als die prachtvolle Turmuhr, die Bäume um sie herum überragend, enthüllt wurde. Sie schien wie ein schwarzer Marmorfinger in den Himmel zu zeigen.

Alle bewunderten das fein gearbeitete Mauerwerk der Wendeltreppe, bestaunten die kunstvollen Verzierungen des Turmes und waren wie geblendet von den wunderschönen Zifferblättern der Uhr. Aber wozu war das alles gut? Wo steckte die Zauberkraft?

„Was ihr seht, ist nur die äußere Hülle", rief der mächtige Magier. „Das wahre Wunder befindet sich im Herzen dieser Uhr, die auf mein Geheiß die Zeit kontrollieren wird. Die Winter werden kurz und die Sommer lang sein. Schlechte Zeiten werden der Vergangenheit angehören. Von diesem Moment an werde ich dafür sorgen, dass nur noch gute Zeiten herrschen werden."

Während ein Jubel durch den Wald hallte, rauschte Magoria mit wehendem Gewand um den Turm herum und legte seine Handfläche auf einen hervorstehenden Marmorquader an der Seite des Turms ... und nichts passierte.

Dann, ganz plötzlich, flogen Funken und die Luft knisterte vor lauter Magie. Ein Ausdruck von Verwirrung und Schrecken zeigte sich auf Magorias Gesicht, dann wurde er nach hinten geschleudert.

DONG!, schlug die Turmuhr. Ohrenbetäubend laut. Die Pferde vor der Kutsche des Prinzen legten in Panik die

Ohren an und bäumten sich auf. DONG! Voller Angst klammerten die Leute sich aneinander. DONG!

Unter dem Glockenklang bildete sich ein anderes Geräusch. Es klang tief und rau, wie ein Gelächter, das in der Kehle eines riesigen Tieres aufstieg ... aber keines gewöhnlichen Tieres.

Irgendetwas lief falsch. So viel war allen klar. Egal, wie oft Magoria seine Hand an den Marmor presste, die Turmuhr gehorchte ihm nicht.

„Was ist hier los?“, rief der Prinz.

Die Frage wurde nicht von Magoria beantwortet, sondern von einer donnernden Stimme, die aus dem Inneren der Uhr selbst kam.

„ICH BIN HIER LOS“, brüllte sie. „DENN ICH KONTROLLIERE DEN KREISLAUF DER JAHRESZEITEN, DIE ZEITEN VON EBBE UND FLUT, DEN AB- UND ZUNEHMENDEN MOND AM HIMMEL UND DIE BEWEGUNG DER SONNE ...“

Die Uhr sprach. Sie hatte eine Stimme. Sicherlich konnte nicht einmal Magorias größte Zauberkraft so etwas schaffen? Und was für eine Stimme, anders als alles, was man bisher auf dieser Welt gehört hatte. Furcht erregend und doch hypnotisierend. Die Menge horchte gebannt auf jedes Wort.

Der Magier fiel auf die Knie und hämmerte verzweifelt gegen die Seitenwand der Turmuhr. „Hör auf, hör auf!“, schrie er – aber umsonst. Die Turmuhr ließ sich nicht anhalten.

„IHR ERBÄRMLICHEN DUMMKÖPFE“, brüllte sie.

„HABT IHR WIRKLICH GEGLAUBT, IHR KÖNNTET MICH KONTROLLIEREN? DENN JETZT KONTROLLIERE ICH DIE ZEIT UND DAMIT AUCH DIE SPIELCHEN, DIE WIR SPIELEN."

„Magoria, erkläre mir das!", rief der Prinz über dem Lärm. „Wie kommt es, dass dies Uhrwerk spricht? Erkläre!"

„DIESER KLÄGLICHE MENSCH HAT MICH NICHT ERSCHAFFEN", fuhr die Turmuhr fort. „ER SPERRTE MICH IN DIESEN MARMORNEN SARG, ABER SEINE MAGIE UND MATHEMATIK UND MASCHINEN HABEN MEINE KRÄFTE VERGRÖSSERT. SPRECHEN IST EIN KINDERSPIEL VERGLICHEN MIT DEN DINGEN, DIE ICH NOCH TUN KANN ..."

Und während sie dies sagte, kam ein eisiger Schneesturm auf. Er pfiff durch die Bäume, heulte um den Turm und begrub alles, was ihm in den Weg kam, unter einer dicken Schicht reinen, weißen Schnees.

Magoria wandte sich an den Prinzen. Sein Gesicht war kreidebleich. „Glaubt mir, Euer Hoheit", rief er aus. „Das habe ich nicht beabsichtigt."

„BEABSICHTIGT?", donnerte die Turmuhr. „JETZT ZÄHLT NUR, WAS ICH BEABSICHTIGE."

Die Menschenmenge duckte sich vor Angst, und ganz zu Recht, denn diese magische Turmuhr oder vielleicht der vom Himmel gefallene Kristall in ihrem Innersten fällte das Urteil über alle, die sich dort versammelt hatten.

„DU, MAGORIA", begann sie. „DER WURM, DER

ES GEWAGT HAT, MICH ZU BENUTZEN, WIRST BESTRAFT FÜR DEINE EINMISCHUNG IN DINGE, DIE DU NICHT VERSTEHST. DAHER VERURTEILE ICH DICH DAZU, FÜR IMMER UND EWIG ZU LEBEN ...“

Ein Raunen ging durch die Menge. Ewig zu leben war eine Strafe? Magoria sah verwundert auf. Ihm schien es mehr wie eine Belohnung.

„DU, WYTCHWOOD“, fuhr die Uhr in ihrem unheimlichen Ton fort, „HAST VON ANFANG AN DEN FEHLER DEINES MEISTERS ERKANNT. WENN DU DAS KÖNIGREICH VERLÄSST UND NIEMALS WIEDERKEHRST, WERDE ICH DAFÜR SORGEN, DASS DICH KEIN UNGLÜCK TRIFFT. ABER WENN DU ODER IRGENDJEMAND AUS DEINER FAMILIE JE WIEDER EINEN FUSS HIERHER SETZT, WIRST DU DAS GLEICHE SCHICKSAL ERLEIDEN WIE ALLE ANDEREN, DIE HEUTE HIER VERSAMMELT SIND.“

Es entstand eine unheimliche Stille, als die Menge darauf wartete, dass ihr Schicksal verkündet wurde. Sie mussten nicht lange warten.

„WIE KÖNNT IHR ES WAGEN ZU DENKEN, DASS IHR MICH ZU EUREM VERGNÜGEN KONTROLLIEREN KÖNNT. ICH BRINGE EUCH DIE GRÖSSTE STRAFE, DIE ES GIBT – EINE WELT, IN DER DIE ZEIT VERRÜCKT SPIELT, UND ZWAR NACH

MEINEM BELIEBEN. ABER WANN WIRD EUCH DIESES SCHICKSAL WIDERFAHREN?“, brüllte die Stimme der Turmuhr. „VIELLEICHT IN EINER STUNDE, VIELLEICHT IN EINER WOCHE, VIELLEICHT IN TAUSEND JAHREN. IHR WERDET JEDEN WACHEN MOMENT IN DER ANGST LEBEN, DASS ES DER LETZTE SEIN KÖNNTE, BEVOR IHR MEINEN ZORN ZU SPÜREN BEKOMMT ... DER LETZTE, BEVOR DER TAG DES UNHEILS ANBRICHT“, donnerte sie und der Wald hallte wider von der Kakophonie ihres schauerlichen Lachens.

Als die Uhr verstummte, fiel eine unheimliche Stille auf den Wald. Im nächsten Moment ertönte die Stimme eines Mannes aus der Menge.

„Was hast du uns angetan, Magoria?“

„Warum darfst du ewig leben, während wir alle in Angst leben müssen?“, schrie jemand anderes.

„Du hast unser Leben zerstört“, brüllte ein dritter.

„Die Turmuhr der unbegrenzten Möglichkeiten?“, rief der Prinz. „Was du uns erbaut hast, ist die Turmuhr des Unheils!“

Und während sie noch schrien und ihr Schicksal bejammerten, bot sich ihren Augen ein unglaublicher Anblick dar. Die Bäume um die Turmuhr des Unheils herum begannen zu wachsen. Kletterpflanzen und Rebengewächse schlängelten sich wie lebendige Tiere aus dem Boden und große Dornenbüsche wuchsen aus dem Nichts. War dies ein Vorgeschmack darauf, was noch kommen sollte?

Als die zu Tode erschreckten Menschen den Fuß des Berghangs erreicht hatten, war der Uhrenturm schon ganz und gar vom Wald eingeschlossen. Nicht einmal mehr die oberste Spitze war über den Bäumen zu sehen.

Der Prinz flüchtete mit seiner in Angst und Schrecken versetzten Braut zum Palast, doch als er das Palasttor erreichte, musste er voller Schrecken mitansehen, wie das herrliche Gebäude vor seinen Augen verschwand. In einer Millionstelsekunde war es um eine Million Jahre gealtert und zerbröckelte zu Staub.

Der weise Wytchwood floh aus dem Königreich und kehrte nie wieder zurück.

Aber was geschah mit Magoria, dem Magier? Er lebt noch immer. Selbst seine stärkste Zauberkraft vermochte nicht, den Fluch zu brechen, mit dem die Turmuhr des Unheils ihn gestraft hatte. Er sitzt, versteckt in seiner geheimen Kammer, sein Urteil eines Lebens ohne Ende ab und wird dies auch noch in hundert Jahren tun oder sogar in tausend. Denn vergiss nie, der Mensch ist der Zeit untertan, nicht die Zeit dem Menschen.

9 Gefangen

Ryan klappte das Buch zu und starrte auf den Einband. Dort stand in goldenen Buchstaben:

Mythen & Legenden aus der Oberdorfer Gegend

Er blickte auf. Marta Martine sah ihn eindringlich an.

„Und?“, fragte sie.

Ryan zuckte mit den Schultern. „Das ist bloß eine Geschichte. Ein Märchen über eine sprechende Uhr“, sagte er und versuchte es mit einem Lachen abzutun. „Die einzige sprechende Uhr, die ich jemals hören werde, ist die Zeitansage durchs Telefon.“ Er lächelte noch einmal.

„Oh, das ist also alles“, sagte die alte Frau mit einem gequälten Gesichtsausdruck. „Du träumst so lebhaft von einer Turmuhr, dass du sie auf dem Holzschnitt wieder erkennst. Die Uhr in deinem Traum spricht, was, wie du eben zugegeben hast, eine recht ungewöhnliche Begebenheit ist ...“

„Ja ... na ja ... äh ...“ Plötzlich kam Ryan eine Idee. „Ich kann das erklären“, sagte er.

„Wie?“

„Mein Vater kommt aus Oberdorf. Er ist hier aufgewachsen“, sagte Ryan. „Er muss mir vor Jahren von der

Legende erzählt haben. Durch meinen Besuch hier kam die Geschichte wieder aus dem Unterbewusstsein hoch und hat mich davon träumen lassen."

„Und wie erklärst du dir die Stimme, die du in deinem Kopf gehört hast?"

„Das weiß ich nicht", gab Ryan zu.

Die alte Frau erhob sich aus ihrem Stuhl. „Ich habe meine Karriere aufgegeben, um mein Leben dem Studium von Mythen und Legenden dieses Waldes zu widmen, und ich sage dir, Ryan Schilling, die Turmuhr des Unheils ist nicht nur eine Erzählung, es gibt sie wirklich."

„Okay", sagte Ryan, dem ein Gedanke gekommen war. „Wenn die Legende also wirklich wahr ist, dann ist nichts aus dem Fluch der Turmuhr geworden. Ich sehe hier niemanden, der noch in Angst vor der Turmuhr lebt. Sie?"

„Aber die Leute vergessen, Ryan. Das ist eine Sache, mit der die Turmuhr nicht gerechnet hat. Sie hat die Dauer der Erinnerung der Leute überschätzt", seufzte Frau Martine. „Hunderte von Jahren mögen für die Turmuhr gar nichts sein ... aber für uns? Das sind viele Generationen."

„Und wo soll sie sein, diese Turmuhr?", fragte Ryan.

Marta Martine holte tief Luft und trat ans Fenster. „Sie ist irgendwo da draußen", sagte sie. „Versteckt zwischen den Bäumen, wo der Wald am dichtesten ist. Sie wartet. Ich habe jahrelang versucht, sie zu finden."

„Aber inzwischen hätte sie doch bestimmt jemand gefunden", überlegte Ryan. „Und wenn's nur durch Zufall wäre."

„Vielleicht wollte die Turmuhr des Unheils nicht gefunden werden", sagte Frau Martine. „Bis jetzt."

Ryan drehte sich herum, um Frau Martine anzusehen. „Wie meinen Sie das, ‚bis jetzt‘?“, fragte er. Das hörte sich schon wieder gruselig an. Welcher normale Mensch wohnt auch schon völlig allein mitten im Wald?

Die alte Frau zuckte mit den Schultern.

Ryan hielt die Zeit für gekommen, sich auf den Weg zu machen.

Er konnte es kaum erwarten, das enge Holzhäuschen und seine ungewöhnliche Bewohnerin zu verlassen.

Er stand auf. „Ich muss wirklich gehen“, sagte er. „Vielen Dank für den Kaffee ...“

„Nein. Ich danke dir für den Kaffee“, sagte Marta Martine mit einem seltsamen Lächeln. „Ich wollte dir mit meinem Gerede keinen Schrecken einjagen“, fügte sie hinzu. „Aber es ist das Beste, wenn man weiß, was auf einen zukommen könnte.“

„Ja“, sagte Ryan skeptisch. „Nochmals vielen Dank.“

„Gefahr erkannt, Gefahr gebannt“, sagte sie.

An der Haustür befestigte Ryan die Leine wieder an Max’ Halsband und die beiden traten hinaus in den Schnee. Er hatte ganz vergessen, wie bitterkalt es draußen war.

„Pass auf dich auf“, rief Marta Martine, als sie sich auf den Weg durch den tiefen Schnee auf der Lichtung machten. „Bleib auf dem Pfad und halt nicht an, bis du wieder zu Hause bist.“

„Mach ich“, rief Ryan zurück.

„Und besuch mich mal wieder, wenn das Wetter besser wird!“, fügte sie hinzu.

Das ganz bestimmt nicht, dachte Ryan. Frau Marta Martine war total durchgeknallt!

Als er und Max durch den Wald hinunterstapften, fing der Hund plötzlich an, sich seltsam zu verhalten. Ab und zu zog er Ryan auf die eine oder andere Seite, hielt an und fletschte seine Zähne, als ob da irgendetwas – oder irgendwer – im Unterholz sei. Und diese Totenstille ... Es war schaurig. Der Schnee schluckte jedes Geräusch. Nervös sah er sich um.

„Bist du sicher, dass dies der richtige Weg ist, Max?“, fragte er.

Als Antwort heulte Max hinauf in die Düsternis der Baumkronen. Im nächsten Moment sprang er ins Unterholz und zog Ryan mit sich. Ryan taumelte nach vorne und kam immer weiter vom Weg ab. Während der riesige Hund weiterrannte, musste er all seine Kraft aufbringen, nur um nicht die Leine zu verlieren.

„Halt, Max!“, schrie er. Äste und dornige Zweige zerkratzten ihm Gesicht und Hände. „Bei Fuß!“

Aber der Hund gehorchte nicht. Es war, als folge er einem stärkeren Befehl, und es gab nichts, was Ryan tun konnte, um ihn aufzuhalten. „Bitte, Max, ich kann nicht so schnell!“, keuchte er. Plötzlich verfing sich Ryans Fuß in einer knorrigen Wurzel. Er stieß einen überraschten Schrei aus, als er durch die Luft flog. Mit einem schweren Schlag landete er auf dem gefrorenen Boden. In diesem Moment rutschte die Leine aus seiner Hand und Max flitzte ins schattige Unterholz davon.

„Komm zurück, Max!“, rief Ryan. Aber der Hund, der

merkte, dass er endlich frei war, verlor keine Zeit, so weit wie möglich wegzukommen. Ryan war allein im Wald.

Zitternd rappelte er sich wieder auf. Er musste den Weg wiederfinden. Es wird schon gut gehen, dachte er, solange ich immer bergab gehe. Auf diese Weise muss ich ja irgendwann im Dorf ankommen. Das war zwar ein guter Gedanke, doch je weiter Ryan lief, desto unsicherer wurde er. Er fand nicht nur den Pfad nicht wieder, sondern auch der Wald selbst wurde immer dichter.

Die Bäume wuchsen so eng beieinander, dass Ryan sich ab und zu seitwärts zwischen den kalten, rauen Stämmen durchzwängen musste ... Er stolperte durch das dichte Unterholz. Kiefernzweige schlugen ihm ins Gesicht, spitze Dornen zerrissen seine Kleidung und knorrige Wurzeln ließen ihn stolpern ... doch er lief weiter. Dann blieb er plötzlich stehen. Hatte er nicht genau dies in seinem Albtraum erlebt? Schon meinte er, wohin er auch blickte, die wilden, gelben Augen zu sehen. Was, wenn es doch Wölfe im Wald gab? Sein Herz klopfte. Ihm wurde gleichzeitig heiß und kalt. Schweiß lief sein Gesicht hinunter und brannte ihm in den Augen. Er lief weiter und weiter. Immer wieder rissen die tückischen Dornen an seiner Kleidung und Efeustränge versperrten ihm den Weg. Bis er schließlich auf allen Seiten von Dornen umgeben war und sich weder vor- noch zurückbewegen konnte. Hilflos sah er sich um. Es war düster im Wald und es wurde immer düsterer.

Mühsam verdrehte er seine Arme auf dem Rücken und
schaffte es schließlich, sie aus den Riemen des Rucksacks zu befreien. Er zog den Rucksack nach vorne, öffnete ihn

und wühlte darin nach der Taschenlampe. Er richtete den Lichtstrahl in die Zweige hoch, hinunter auf den Boden, in die Büsche, die ihn umgaben. Dunkle, flügelähnliche Schatten flatterten durch die Luft wie ein Schwarm Fledermäuse. Ryan zitterte.

„Ich muss hier raus“, sagte er laut, absichtlich die unheimliche Stille mit dem Klang seiner eigenen Stimme durchbrechend.

Er kämpfte mit aller Kraft, um freizukommen – die Dornen rissen ihm die Handschuhe ab und zerkratzten seine schmerzenden Hände. Jetzt geriet er wirklich in Panik.

Er wünschte, er hätte nie das Haus verlassen ... Ein dorniger Zweig hatte sich in den Rücken seiner Daunenjacke gebohrt und wie sehr er sich auch bemühte, Ryan konnte sich weder losmachen noch die Jacke ausziehen.

Wenn er bloß nicht dieses „gar nicht so dringende“ Päckchen zu Marta Martine gebracht hätte. Wenn bloß Onkel Karl wüsste, wo er ist. Wenn bloß ... Hier wird mich nie jemand finden, dachte er. In diesem Moment bemerkte Ryan etwas Seltsames. An den meisten Stellen, auf die er die Taschenlampe richtete, prallte der Lichtstrahl von den Baumstämmen ab und verschwand in der Dunkelheit. Aber an einer Stelle war es anders. Links von ihm schien das Licht irgendein Objekt zu treffen: ein glänzendes Objekt, das das Licht in seine Augen reflektierte.

Vorsichtig streckte Ryan den Arm aus und tastete so weit wie die Dornen und Kletterpflanzen es zuließen – voller Angst, dass jeden Moment ein Wolf aufspringen und seine Zähne in seine Hand graben würde.

Da war kein Wolf. Doch als Ryan das, was da war, berührte, gefror ihm das Blut in den Adern. Seine Hand berührte etwas Kaltes, Hartes, Glattes. Er wusste, was es war. Es fühlte sich an wie die schwarze marmorne Turmuhr aus seinem Albtraum. Hatte er wirklich die Turmuhr des Unheils gefunden?

10 Schwarzer Marmor

Instinktiv versuchte Ryan seine Hand zurückzuziehen. Voller Schrecken stellte er fest, dass es nicht ging. Flach gegen die eiskalte Steinwand gedrückt, saß seine Hand fest. Schlimmer noch, als er dort stand – zusammengekrümmt und zitternd – merkte er, dass etwas noch Seltsameres geschah. Der Marmor begann zu vibrieren.

Was jetzt?, dachte Ryan und zerrte verzweifelt an seiner Hand. Aber er saß noch immer fest. Und das Vibrieren wurde ständig stärker.

Nein. Das konnte nicht sein ... Das war unmöglich ... Okay, es gab also wirklich eine alte Turmuhr im Wald, aber das hieß noch lange nicht, dass auch der Rest der Legende wahr sein musste.

Plötzlich erinnerte er sich, wie die Turmuhr des Unheils in der Geschichte in Gang gesetzt worden war; wie Magoria „seine Handfläche auf einen hervorstehenden Marmorquader an der Seite des Turms“ gelegt hatte. Es war die Berührung der Hand des Magiers gewesen, die die Turmuhr des Unheils in Gang gebracht hatte. Da bemerkte Ryan noch etwas anderes. Ein grollendes Geräusch ertönte und der schwarze Marmor schien wärmer zu werden.

Plötzlich kam seine Hand von der Steinwand frei. Die Marmorplatte wurde tatsächlich wärmer. Ryan rieb seine Finger. Sie waren nass und pochten vor Kälte. Aber zumindest war er wieder frei. Um ihn herum hatten die krallenartigen Dornen sich aus seiner Jacke losgehakt. Er konnte sich wieder bewegen.

In der nächsten Sekunde wurde Ryans Erleichterung zu ungläubigem Staunen, als er sah, wie er befreit worden war. Ein Angstschauer überlief ihn. Die Schlingpflanzen, Kletterranken und Dornenbüsche schrumpften.

Voller Verwunderung beobachtete Ryan, wie die spitzen Dornen kleiner wurden und verschwanden und die tückischen Ranken sich zurückwanden und sich ins Nichts aufrollten. Nach und nach leerte sich der Waldboden von allen Hindernissen in einem merkwürdigen Prozess des „Rückwärts-Wachsens".

Als er nach oben blickte, stellte Ryan fest, dass er zum ersten Mal, seit Max ihm weggelaufen war, den Himmel sehen konnte. Wie die Büsche am Boden schrumpften auch die Zweige der riesigen Kiefernbäume über seinem Kopf. Mehr noch, die Bäume selbst wurden ebenfalls kleiner.

Ryan stand nur da und beobachtete, wie die größten Kiefern sich nach und nach herabsenkten, während die kleineren Bäume ganz und gar verschwanden. Wie vom Donner gerührt konnte Ryan nur schweigend zusehen, als der Wald langsam enthüllte, was er über hunderte und hunderte von Jahren bewacht hatte.

Als die Bäume endlich ihr mysteriöses „Rückwärts-Wachsen" beendet hatten, stand Ryan auf einer Lichtung.

Vor ihm erhob sich eine Turmuhr, die wie ein schwarzer Marmorfinger in den Himmel zu zeigen schien.

Es war die Turmuhr aus seinem Albtraum, die Turmuhr, die auf dem Holzschnitt an der Wand in der Waldhütte zu sehen war. Es war der schwarze Marmorturm der Legende. Er hatte die Turmuhr des Unheils gefunden, oder vielmehr die Turmuhr des Unheils hatte ihn gefunden. Jetzt fürchtete Ryan sich wirklich. Ihm war schlecht. Schlecht vor Angst.

Plötzlich hallte die Waldlichtung von einer ungeheuren Kakophonie von Glockenklang wider. Ryan presste die Hände auf die Ohren und taumelte zurück. Dann hörte er durch den Lärm des Geläuts die unheimliche Stimme, die ihm aus seinem Albtraum so wohl bekannt war. Zunächst nur schwach, doch bald übertönte sie selbst den Klang der Glocken.

„JA, ICH BIN ES“, donnerte sie. *„DIE MAN DIE TURMUHR DES UNHEILS NENNT.“*

Ryan erzitterte beim Klang der Stimme. Ihr sonderbarer Ton ließ ihn erschaudern. Schlimmer als das Kratzen von Fingernägeln auf einer Tafel oder das Geräusch eines Zahnarztbohrers.

Ryan musste scharf nachdenken. Genau überlegen. Es gab für alles eine logische Erklärung. Also auch für das hier. Es musste eine geben.

Er sah an dem hohen schwarzen Gebäude hinauf. Die kunstvollen Verzierungen waren ebenso ausdrucksvoll wie grotesk. Hoch über seinem Kopf grinste eine Reihe von Wasserspeiern bösartig auf ihn herunter.

Den Blick nach oben gerichtet ging Ryan langsam um

die Turmuhr herum. Jedes der vier Zifferblätter zeigte eine andere Zeit an. Ein Uhr, vier Uhr, acht Uhr und zwölf Uhr.

„SICH VORZUSTELLEN, DASS DIESER DUMMKOPF MAGORIA GEGLAUBT HAT, ER KÖNNE MICH KONTROLLIEREN“, sprach die Uhr. Ryan zuckte vor Schreck zusammen. *„WAS FÜR EINEN SPASS ICH MIT DEM ARMEN TEUFEL HATTE, DER MEINTE, ER MÜSSE SICH UNBEDINGT EINMISCHEN! WEISST DU, WER DU BIST?“*, fragte die Uhr plötzlich.

„Ryan Schilling“, murmelte er. Trotz seiner Angst fand er es ein bisschen lächerlich, mit einer Uhr zu sprechen.

„DU BIST DER ERSTE NACHKOMME DES LEHRLINGS WYTCHWOOD, DER SEIT DEM TAG, AN DEM DIESER FLOH, NACH OBERDORF GEKOMMEN IST“, brüllte die gespenstische Stimme. *„ICH SPÜRTE DEINE ANKUNFT, ALS DU DIE GRENZE ÜBERQUERT HAST. JETZT IST DIE ZEIT FÜR DICH GEKOMMEN, DAFÜR ZU BEZAHLEN, DASS DU DEINEN FUSS IN DIESES LAND GESETZT HAST –“*

„Ich weiß nicht, wovon du redest!“, sagte Ryan.

„– UND GLEICHZEITIG WERDE ICH DEN ERBÄRMLICHEN KREATUREN DIESES ORTES DIE VERWÜSTUNG ZUTEIL WERDEN LASSEN, DIE ICH IHNEN VERSPROCHEN HABE.“ Wieder ertönte das meckernde Lachen. *„WIE ICH DIESEN FRÖHLICHEN KLEINEN TANZ DES CHAOS GENIESSEN WERDE!“*

In diesem Moment kam Ryan zu einem Entschluss. Und dieser Entschluss war, nicht länger hier zu bleiben. Was ihm am meisten Angst machte, war, wie der Wald von der Turmuhr zurückgewichen war. Dies ähnelte zu sehr der Legende, als dass er ruhig bleiben konnte.

Ryan war entschlossen, eine so große Entfernung wie möglich zwischen sich und die Turmuhr zu bringen. Als er blindlings durch den Wald davonrannte, hallte das boshafte Gelächter der Turmuhr des Unheils um ihn herum wider, lauter als je zuvor.

11 Die Zeit steht still

Ryan rannte immer weiter, sprang zur Seite, um Bäumen auszuweichen, hopste über Steine, um einen Bach von Tauwasser zu überqueren, rutschte aus, als er an Felsblöcken und Dornbüschen vorbeiraste. Überall um ihn herum schmolz der Schnee, tropfte von den Zweigen und wurde zu Matsch auf dem Boden. Es dauerte nicht lange, bis Ryan heftig keuchte. Sein Atem kam stoßweise und sah aus wie Rauch aus den Nüstern eines Drachen, er spürte das Blut in seinen Ohren pochen und – trotz der Kälte – lief ihm der Schweiß über das Gesicht, als er sich den baumbestandenen Berghang hinunterkämpfte.

Ich muss entkommen, dachte er immer wieder. Ich muss hier weg.

Er kam zu einem umgestürzten Baumstamm. Weil er zu schnell war, um anhalten zu können, sprang Ryan vom matschigen Boden ab und flog über das Hindernis. Beim Landen knickte sein Knöchel um und ein stechender Schmerz ließ ihn gequält aufschreien. Aber er konnte nicht anhalten. Er konnte keine Sekunde ausruhen. Er musste entkommen …

Er kam zu einem umgestürzten Baumstamm. Weil er zu

schnell war, um anhalten zu können, sprang Ryan vom matschigen Boden ab und flog über das Hindernis. Beim Landen knickte sein Knöchel um und ein stechender Schmerz ließ ihn gequält aufschreien. Aber er konnte nicht anhalten. Er konnte keine Sekunde ausruhen. Er musste entkommen ...

Er kam zu einem umgestürzten Baumstamm. Nein!

Mit höchster Anstrengung konnte Ryan sich zurückhalten, hinüberzuspringen. Hier stimmte etwas nicht. Das war das dritte Mal, dass er zu dem umgestürzten Baumstamm kam. Die Zeit spielte ihm wirklich einen Streich.

In dem Versuch, ein für alle Mal aus der Zeitschleife herauszukommen, ging er um den Baumstamm herum anstatt drüberzuspringen. Erst als er auf der anderen Seite war, fing er wieder an zu rennen.

Und wieder raste er über das weiche Polster der Kiefernnadeln. Hindernissen ausweichend, Löcher überspringend, auf Schneematsch ausrutschend. Bis er sie plötzlich sah! Unter ihm blinkten die Lichter des Dorfes.

„Endlich!“, rief er.

Er richtete den Strahl seiner Taschenlampe auf seine Uhr. 5:30:10. In etwa zehn Minuten wäre er dort. Dieser Gedanke gab Ryan noch einmal neue Kraft und er rannte wieder los, den steilen, schneebedeckten Hang hinunter.

Er lief weiter, in großen Sätzen über die tiefen Schneewehen springend. Weiter und weiter und weiter. Und doch, wie schnell seine Beine sich auch bewegten, die blinkenden Lichter kamen kein Stück näher. Es war, als ob er auf der Stelle trat. Er blickte wieder auf die Uhr.

„Ne-ein!“, heulte er.

Es war immer noch 5:30. Die digitale Sekundenanzeige blinkte, aber die Zahl selbst veränderte sich nicht. 10, 10, 10, 10, blinkte es wieder und wieder.

Genau in diesem Moment hörte Ryan die Dorfuhr unter ihm die halbe Stunde schlagen. Der Klang hallte endlos, als ob die Turmuhr des Unheils die Zeit zum Stillstand gebracht hätte.

Weil er nicht wusste, was er sonst hätte machen sollen, fing Ryan wieder an zu laufen. Er konnte nur hoffen, dass die Turmuhr des Unheils dieser Spielchen endlich müde werden und ihn loslassen würde.

Plötzlich verschwanden die Lichter. Ryan jubelte! Wenn sich etwas verändert hatte, hieß das, dass die Zeit wieder in Bewegung war.

Er lief weiter und versuchte noch einmal einen Blick auf das Dorf zu erhaschen. Plötzlich verstauchte er sich den Knöchel und setzte sich hin, um ihn besser reiben zu können. Dann stand er auf, völlig erholt, sprang über einen umgestürzten Baumstamm und war wieder auf und davon. Der Schweiß lief, das Blut pochte, und sein Atem kam stoßweise wie Rauch aus den Nüstern eines Drachen.

Er fühlte sich langsam immer erholter und seine Erschöpfung verschwand. An Felsblöcken und Dornbüschen raste er vorbei, über Steine in einem Bach von Tauwasser sprang er, Bäumen wich er aus, indem er zur Seite sprang.

Doch während er noch rannte, bemerkte Ryan, dass schon wieder etwas nicht stimmte. Sein Herz hämmerte wie wild, aber nicht vor Erschöpfung – vor panischer Angst.

Irgendetwas war passiert, oder würde gleich passieren. Er sprang auf den Boden und wirbelte herum. Direkt vor ihm stand die Turmuhr des Unheils. Er war wieder dort, von wo er losgelaufen war.

„WIE ICH DIESEN FRÖHLICHEN KLEINEN TANZ DES CHAOS GENIESSEN WERDE!“, donnerte die unheimliche Stimme.

Ryan war wieder genau dort, wo er angefangen hatte. Das waren die letzten Worte gewesen, die die Uhr zu ihm gesprochen hatte. Die Zeit spielte verrückt, aber was konnte er dagegen unternehmen?

12 Magoria spricht

Irgendetwas war anders. Die Atmosphäre hatte sich geändert. Obwohl es noch düster war, war da nichts Bedrohliches mehr. So plötzlich wie die böse Macht der Turmuhr des Unheils sich ausgebreitet hatte, schien sie wieder verschwunden zu sein. Erleichterung durchflutete Ryan.

„Es ist bloß schwarzer Marmor“, murmelte er.

Da hörte Ryan plötzlich eine Stimme in seinem Kopf.

„*Ich wünschte, es wäre so!*“, sagte sie.

Ryan erstarrte. Seine Nackenhaare sträubten sich vor Schrecken.

„*Ich wünschte, es wäre so!*“, wiederholte die Stimme. Irgendjemand oder irgendetwas sprach in seinen Gedanken.

„Wer bist du?“, fragte Ryan.

„*Ich bin der Narr, dem dieser Ort seinen Fluch verdankt*“, sprach die Stimme und hustete keuchend.

„Was ist mit mir los?“, rief Ryan. „Bin ich verrückt geworden?“

„*Nein, Ryan Schilling*“, sagte die Stimme. „*Es ist an der Zeit, dass du die Wahrheit erfährst. Ich bin Magoria, der Magier.*“

Ryan lachte nervös. „Magoria? Der ist doch nur ein Zauberer in einer Legende ..."

„Genau wie die Turmuhr des Unheils und die Tricks, die sie mit der Zeit anstellt, gibt es mich wirklich."

Das konnte nicht wahr sein. Das gab es einfach nicht. „Du müsstest hunderte von Jahren alt sein", protestierte Ryan.

„Du kennst die Legende, Ryan Schilling. Ich bin dazu verurteilt, für immer und ewig zu leben. Ich war einmal Magoria, der Magier, jetzt wäre wohl Magoria, der Todgeweihte, zutreffender."

„Todgeweiht?", sagte Ryan und biss sich nervös auf die Unterlippe. Er sprach mit jemandem, der in seinem Kopf redete. Das war unglaublich.

„Es bedeutet, dass ich sterbe, wie wir alle", erklärte Magoria mit zitternder Stimme. *„Doch ich erleide die ewige Qual, dass der Tod unerreichbar bleibt. Ich werde älter und immer älter, aber ich kann nicht sterben. Denn das bedeutet es, die Ewigkeit auf Erden zu erleben – immer währendes Alter"*, seufzte er und Ryan hörte die Verzweiflung in seiner Stimme. *„Du musst mir helfen, dieses ... dieses Monster zu zerstören, das ich auf die Welt losgelassen habe."*

„Ich?", fragte Ryan.

„Ja, du", kam die Antwort. *„Hast du nicht gehört, was die Turmuhr dir gesagt hat? Du bist ein Nachkomme des längst verstorbenen Wytchwood ... sein Name ist ausgestorben, aber das Blut der Wytchwoods fließt in den Adern deiner Mutter."* Er hielt inne, um Atem zu schöpfen.

„Deine Ankunft hat den Sturm verursacht, den Riss im Himmel, das Wiederauftauchen der Turmuhr selbst ... und ihre Entscheidung, jetzt Verwüstung über die Menschen dieses Landes hereinbrechen zu lassen.“

„Woher sollte ich das wissen?“, rief Ryan aus. Das war zu viel.

„Deine Unwissenheit ist für die Turmuhr des Unheils nicht von Bedeutung“, sagte Magoria scharf. *„Wichtig ist bloß Folgendes. Es liegt an dir, die Turmuhr zu stoppen, bevor es zu spät ist.“*

„Sie zu stoppen?“, rief Ryan. „Sie ist nicht wie mein Wecker, verstehst du? Ich kann nicht einfach die Batterien rausnehmen!“

„Wenn du es nicht schaffst, wird das, was sie schon mit dir gemacht hat, wie ein kleines Spielchen scheinen.“

„Aber ich ...“, fing Ryan an.

„Ein Leben voller Freude wird in einem kurzen Moment vorbei sein“, fuhr Magoria fort. *„Und ein Moment des Schmerzes wird sich in eine Ewigkeit des Leidens verwandeln. Die Turmuhr des Unheils wird über Chaos, Verwirrung und Zerstörung herrschen.“*

„Du hast sie erschaffen“, sagte Ryan ärgerlich.

„Nein. Wytchwood hatte Recht, Ryan. Was ich erschaffen habe, war der Uhrenturm und eine Möglichkeit, die Macht des Kristalls zu vervielfachen – aber den Kristall selbst habe ich nicht geschaffen. Er ist vom Himmel gefallen. Er stammt von einem anderen Ort außerhalb unserer Welt. Wie konnte ich es nur wagen zu denken, ich könnte etwas kontrollieren, das ich nicht einmal ganz und gar ver-

stehen konnte? Aber glaube mir, ich habe den Preis für diesen fürchterlichen Irrtum bezahlt", sagte Magoria.

Ryan blieb stumm.

„*Aber wenn du nicht um meinetwillen helfen willst den Kristall zu zerstören, Ryan, so denk an die anderen im Dorf und in der Stadt unten*", versuchte Magoria ihn zu überreden. „*Denk an deinen Onkel Karl und deine Tante Ingrid. Sie werden alle zu Grunde gehen, wenn du dich abwendest.*"

„Alle außer dir", sagte Ryan.

„*Wenn es dir jedoch gelingt*", kam wieder Magorias matte Stimme, „*wird der Fluch aufgehoben und ich werde endlich erlöst von dieser immer währenden Qual. Komm und sprich von Angesicht zu Angesicht mit mir, Ryan Schilling. Lass uns persönlich miteinander sprechen.*"

„Aber wo bist du?", fragte Ryan zögernd.

„*Dort, wo ich immer bin*", stöhnte Magoria. „*Eingesperrt in meiner geheimen Kammer unter der alten königlichen Jagdhütte.*"

„Jagdhütte?", sagte Ryan. „Wo ist die?"

„*Es gibt sie schon längst nicht mehr, fürchte ich ...*"

„Was befindet sich jetzt über deiner geheimen Kammer?", unterbrach Ryan.

„*Der Waldboden*", keuchte der alte Mann.

„Wie soll ich dich dann finden?", fragte Ryan.

Es entstand eine Pause. Einen Moment lang dachte Ryan, der Magier sei verschwunden. Dann hörte er ihn wieder sprechen.

„*Es gibt einen Weg*", sagte er stockend. „*Der Eingang zu*

meiner unterirdischen Kammer liegt ...“ Die Stimme verstummte.

„Magoria? Magoria?“, rief Ryan.

„*... liegt dort, wo die Turmuhr um neun hinzeigt. Komm so bald ... so bald du kannst, Ryan*“, sagte der Zauberer. Seine Stimme wurde noch schwächer. „*Sodass wir den Fluch der Turmuhr des Unheils ein für alle Mal aus der Welt schaffen können.*“

Ryan war verwirrt. „Wo die Uhr um neun hinzeigt?“, sagte er. „Was bedeutet das?“

Aber selbst wenn er es wusste, konnte Magoria es ihm nicht mehr sagen. Seine Stimme hatte ihn schon fast völlig im Stich gelassen. „Nichts mehr“, flüsterte sie krächzend und verschwand.

13 Wettlauf gegen die Zeit

Frierend und verängstigt stand Ryan auf der Waldlichtung. Die Turmuhr ragte bedrohlich vor ihm auf ... Er versuchte zu verstehen, was Magoria zu ihm gesagt hatte.

Wo die Turmuhr um neun hinzeigt. Was bedeutete das? Von den Zeigern der Turmuhr stand keiner auf neun, das also half ihm schon mal nicht weiter. Was sollte er jetzt machen? Ryan war kein besonders guter Rätselrater und das hier begann sich sehr nach Rätsel anzuhören. Wo die Turmuhr um neun hinzeigt. Es war eine Richtung. Es sollte ihm sagen, wo er hingehen musste.

Uhren geben keine Richtungen an, dachte Ryan. Aber Kompasse! Er nahm den Kompass aus seinem Rucksack. Er sah genauso aus wie das Zifferblatt einer Uhr. Norden war oben, wo zwölf Uhr wäre. Süden war bei sechs Uhr, Osten bei drei Uhr ... und Westen war bei neun Uhr.

Na, das war ja typisch. Natürlich musste der alte Zauberer unbedingt in Rätseln sprechen. Warum hatte er nicht einfach sagen können „Geh nach Westen?“ Ryan wollte überprüfen, ob er die Anweisungen richtig verstanden hatte, doch obwohl er den Namen des Zauberers rief, kam Magorias Stimme nicht zurück.

Ryan ging von der Turmuhr aus geradewegs nach Westen los. Auf der neu entstandenen Lichtung war es leicht die Richtung beizubehalten, aber als er im Wald war, wurde es schon schwieriger. Er musste ständig ein Auge auf den Kompass haben, während er sich durch die Bäume schlängelte.

Er stolperte immer weiter in westlicher Richtung, doch er entdeckte nirgendwo die Überreste eines alten Gebäudes. Nach einiger Zeit lichtete der Wald sich etwas und der Schnee auf dem Boden wurde tiefer.

Als die Dämmerung schließlich der Nacht gewichen war, konnte Ryan durch die Baumwipfel den Mond erkennen. Unwillkürlich musste er an Onkel Karl und Tante Ingrid denken. Sie waren sicher krank vor Sorge um ihn, aber er musste sich jetzt auf wichtigere Sachen konzentrieren. Sachen, die sie nicht einmal im Traum für möglich halten würden.

Es wurde kälter. Ryan hüllte sich noch fester in seine Jacke und stellte den Kragen hoch gegen den eiskalten Wind.

Der Schnee, der an der Oberfläche schon zu schmelzen begonnen hatte, war wieder gefroren. Und mit jedem Schritt, den er tat, knirschten seine Stiefel durch die dünne Kruste.

Er war müde und hungrig und die Kälte schmerzte ihn bis in die Knochen. Über seinem Kopf glitt eine Eule auf lautlosen Flügeln durch die Luft. Ryan sah auf den Kompass.

„Nein!“, stieß er voller Entsetzen hervor. Er ging genau

nach Norden. Wie lange war er schon in die falsche Richtung gelaufen? Wann hatte er zum letzten Mal auf den Kompass gesehen?

„Wo bin ich?“, rief er. Nur sein Echo antwortete ihm. Er blickte auf seine Uhr. Durch eine grausame Ironie des Schicksals war es genau neun Uhr.

In seinem ganzen Leben hatte Ryan sich noch nie so allein gefühlt ... und er wusste, dass er eine Nacht im Wald niemals überleben würde.

Müde hob er den Kopf und richtete die Taschenlampe nach oben. Zuerst glaubte er seinen Augen nicht. Er machte ein paar große Schritte nach vorne und guckte noch einmal. Ja! Da war etwas. Es sah aus wie ein Schornstein.

Mit einem letzten Rest von Energie kämpfte Ryan sich den verschneiten Hang am Waldrand hinunter. Ein Dach kam in Sicht und dann Holzwände mit kleinen Fenstern. Eine Minute später stand er vor einer Blockhütte. Er hatte zwar nicht die Überreste der alten Jagdhütte gefunden, aber wenigstens eine Unterkunft für die Nacht. Ryan schleppte sich die Stufen hinauf, über die Veranda und klopfte an die Tür. Niemand antwortete. Er klopfte noch einmal und legte sein Ohr an die Tür, um zu horchen. Wieder nichts.

Ihm schlug das Herz bis zum Hals, als er den Riegel hob und gegen die Tür drückte. Sie war nicht verschlossen.

„Hallo?“, rief Ryan in die Dunkelheit.

Keine Antwort. Er ging hinein, schloss die Tür hinter sich und leuchtete mit seiner Taschenlampe in dem leeren Raum herum. Er konnte gerade noch seinen Rucksack ablegen, bevor er völlig erschöpft auf den Fußboden sank.

Ryan schreckte aus dem Schlaf hoch, als am frühen Morgen helles Sonnenlicht den Raum durchflutete. Er setzte sich auf und musste einen Moment überlegen, wo er war. Dann erinnerte er sich wieder.

Er konnte es nicht glauben, dass er tatsächlich eingeschlafen war. Da befiel ihn eine schleichende Angst. Hatte die Turmuhr des Unheils wieder die Zeit verrückt spielen lassen? Wie lange hatte er wirklich geschlafen? Er musste zusehen, dass er wieder loskam ... aber quälender Hunger ließ ihn ans Essen denken. Er war am Verhungern. Er durchsuchte einige Schränke und fand ein paar alte Kräcker und etwas Marmelade, die er mit den Fingern draufstrich. Mit einer Hand voll Schnee spülte er diese „Mahlzeit“ hinunter.

Ryan durchquerte den Raum und trat hinaus auf die Veranda. Die Sonne stand noch niedrig und er musste die Hand über die Augen halten, als er seinen Blick über die verschneite Winterlandschaft wandern ließ. Er sah seine Fußstapfen, die den Hügel hinaufführten. Er sah den Wald in der Ferne – und konnte klar die finstere Turmuhr des Unheils erkennen, hoch über den Bäumen aufragend als Silhouette gegen den Himmel. Sie warf einen langen, dünnen Schatten, der wie ein Finger auf der schneebedeckten Landschaft lag.

„Natürlich!“, rief Ryan aus und schüttelte den Kopf. „Was bin ich für ein Idiot gewesen!“

Wenn Magoria gewollt hätte, dass er nach Westen ginge, hätte er das gesagt – nichts einfacher als das. Aber das hatte er nicht gewollt. „Der Eingang zu meiner unterirdischen

Kammer liegt dort, wo die Turmuhr um neun hinzeigt." So hatte er es gesagt. Hinzeigt!

Magoria hatte überhaupt nicht die Zeit auf dem Zifferblatt einer Uhr gemeint! Er hatte von der Zeit auf einer Sonnenuhr geredet – und in der Mitte dieser Sonnenuhr stand die Turmuhr des Unheils selbst.

Ryan blickte zurück über die Hänge. Von seinem jetzigen Standpunkt aus konnte er nicht sehen, wo der Schatten endete – aber er wusste, dass es weit weg war. Wenn Ryan richtig vermutete, würde er genau um neun Uhr auf den Eingang zu Magorias unterirdischer Kammer zeigen. Natürlich! Der alte Zauberer musste neun Uhr morgens gemeint haben – im Dunkeln gab es ja keine Schatten! Er guckte auf die Uhr.

Ich habe noch Zeit, dachte Ryan und fühlte eine Welle von Hoffnung in sich aufsteigen. Wenn ich es nicht verpatze, habe ich noch eine Chance. Er eilte zurück in die Hütte, um seinen Rucksack zu holen.

Um sieben Uhr neunundfünfzig war Ryan fertig. Auf die Minute genau um acht Uhr machte er sich auf den Weg durch den tiefen, tückischen Schnee. Er hatte genau eine Stunde Zeit, um das Ende des Schattens zu erreichen.

Er schlitterte, er rutschte, er stolperte; jeder Schritt war ein Albtraum. Immer wieder blickte er auf zur Turmuhr des Unheils, die sich schwarz gegen die Sonne abzeichnete.

Immer wieder überprüfte er, wo sich ihr dunkler Schatten befand. Doch wie weit Ryan auch rannte, er schien kein Stück näher zu kommen.

Das schaffe ich nie, dachte Ryan. Nein. Ich muss es

schaffen! Aber was, wenn die Turmuhr wieder die Zeit verrückt spielen lässt? Nicht dran denken, sagte er sich. Einfach weiterlaufen.

Seine Lunge schmerzte und sein Herz schlug so sehr, dass er glaubte, es müsse platzen, doch Ryan stapfte weiter. Wertvolle Sekunden vergingen, Minuten vergingen. Die Zeit verstrich ...

... Nur noch zehn Minuten. Plötzlich, ohne jede Vorwarnung, verschwand der Boden unter seinen Füßen. Er verlor den Halt und rollte Hals über Kopf einen steilen Abhang hinunter – und landete auf einem Pfad.

Ryan stand auf. Wieder lief er weiter, bis direkt vor ihm eine dicke, schwarze Linie quer über dem Weg lag. Im nächsten Moment stand er mitten im Schatten der Turmuhr des Unheils.

Würde die Uhr auf seine Anwesenheit reagieren? Würde sie verhindern, dass Ryan den Punkt erreichte, an dem der Schatten endete? Er musste es herausfinden! Er krabbelte den Abhang hinauf und sah wieder auf die Uhr. Die Zeit war fast abgelaufen. Ryan bemühte sich auf dem festeren Schnee zu bleiben und suchte sich einen Weg an dem dunklen Schatten entlang in Richtung der Spitze.

Er erreichte das Ende Sekunden vor Ablauf der Zeit. Genau um neun Uhr stieß die Spitze des Schattens der Turmuhr gegen einen halbverdeckten Stein direkt vor seinen Füßen.

Langsam und gespannt entfernte Ryan eine Menge vertrockneter Zweige von dem Stein. Es stellte sich heraus, dass er ein Teil einer Steinmauer war. Er beugte sich über die Mauer und starrte in den Schatten eines tiefen Loches. Er leuchtete mit seiner Taschenlampe in die Dunkelheit. Eine Steintreppe führte hinunter unter den Waldboden.

„Juchhu!“, rief er und das Echo seines Triumphschreis hallte durch den Wald.

14 Die unterirdische Kammer

Dicke Spinnweben wegwischend begann Ryan den langen Abstieg die feuchte Treppe hinunter, auf der hier und da noch Schneereste lagen. Unten angekommen stand er in einem engen Steinkorridor. Er lief ihn entlang und zitterte nervös in der kalten, feuchten Luft. Am Ende des Ganges erreichte er eine Tür. Er drückte die schwere Eisenklinke herunter und lehnte sich mit der Schulter gegen das dicke Holz. Die rostigen Angeln quietschten, als die Tür sich öffnete.

Ryan schlüpfte vorsichtig hindurch und leuchtete mit seiner Taschenlampe umher. Er stöhnte. Dies war doch wohl nicht Magorias geheime Kammer? Es sah aus wie ein Weinkeller – ein riesiger Weinkeller mit einer gewölbten Decke, dicken Säulen und unzähligen Reihen riesiger Holzfässer, die auf der Seite lagen und wie eine Reihe von Zigeunerwagen aussahen. Aber kein Anzeichen von Magoria.

Irgendetwas sagte Ryan, dass nur ein Prinz so einen riesigen Keller haben könnte, woraus er schloss, dass dies die königliche Jagdhütte sein musste. Aber wo steckte Magoria?

„Magoria“, rief er. Seine Stimme erzeugte ein Echo in

dem leeren Gewölbe und verhallte dann ohne Antwort. Er rief noch einmal. Wieder nichts.

Ryan leuchtete mit seiner Taschenlampe im Raum herum. Der alte Zauberer musste hier irgendwo sein. Als der Lichtkegel auf die Vorderseiten der riesigen Fässer traf, sah Ryan an jedem Fass etwas glitzern. Er ging näher heran und besah sich eines der Fässer genauer.

An das runde obere Ende des Weinfasses war ein Metallplättchen angeschraubt, das einen Namen und eine Nummer trug.

„Hallenfeld: 118“, las Ryan laut und zuckte mit den Schultern. Der Name sagte ihm nichts. Als er weiterging, entdeckte er einen Namen, der ihm bekannter vorkam: Waldburg, und kurz danach Steinfeld. Natürlich, dies waren die Namen von Orten, durch die er auf seiner Reise nach Oberdorf gefahren war.

Aber der Name auf dem nächsten Fass war ihm neu. Da stand: Hexenmeisterbräu. Ryan grinste.

„Hexenmeister ...“, murmelte er. Statt einer Nummer befand sich unter dem Namen ein Symbol, das wie eine lange, flache Acht aussah, die auf der Seite lag. Dies war das Symbol, das bei Wissenschaftlern für Unendlichkeit stand. Für immer und ewig – genau wie die Strafe, die dem Magier auferlegt worden war. Sehr schlau, dachte Ryan. War dies sein Versteck?

„Magoria!“, rief er und hämmerte mit der Faust auf das Fass. „Bist du da drin?“

Ryan richtete den Lichtstrahl seiner Taschenlampe auf die Vorderseite des Fasses. Wenn dies der richtige Ort war, dann müsste sich hier etwas befinden ... zwei Scharniere, das hieß, dass auf der anderen Seite ...

„Ja!“, sagte Ryan, als sein fieberhaftes Herumgetaste belohnt wurde.

Ein lautes „Klick“ ertönte, als ein Riegel sich löste und die runde Vorderseite des Fasses sich mit einem Schwung öffnete. Ryan starrte in ein gähnendes schwarzes Loch.

„Magoria?“, wiederholte er, leiser diesmal. Stille.

Einen Moment lang zögerte Ryan. Was nun? Na los, dachte er, als er auf den Rand des Fasses kletterte. Ich kann jetzt nicht kneifen.

Er stieg in das Fass und machte ein paar vorsichtige Schritte vorwärts ... dann noch ein paar, und noch ein paar. Mit einem gewaltigen „RUMS“ knallte die runde Tür hinter ihm zu.

Ryan fuhr zusammen. Die Taschenlampe rutschte ihm aus der Hand und krachte zu Boden. Das Licht erlosch.

15 Vom Regen in die Traufe

Ryan stand in rabenschwarzer Dunkelheit im Innern des Fasses. Das hier war keine geheime Kammer. Was, wenn die ganze Sache eine Falle war?

„Magoria!", schrie er. Wieder keine Antwort.

Wackelig und unsicher auf dem gebogenen Boden musste Ryan erst mal nur zusehen, dass er auf den Beinen blieb. Plötzlich hörte er hinter sich ein Geräusch, dass ihm den Magen umdrehte und ihn eine Gänsehaut bekommen ließ ... Es war das Geräusch winziger Krallen, die auf dem Holz kratzten. Ratten. Vor seinem geistigen Auge tauchten Bilder von schnuppernden rosa Nasen, scharfen Krallen und bissigen gelben Zähnen auf. Da war es wieder: „Kratz, kratz, kratz", gefolgt von einem hohen Schrei, der in dem Fass unendlich widerhallte. Zu seinem Entsetzen merkte Ryan, dass er das gewesen war! Er hatte geschrien.

Im nächsten Moment erschien ein Lichtspalt am anderen Ende. Ryan hielt den Atem an. Eine Tür öffnete sich und vor einem fahlen grünen Schimmer erschien die Silhouette einer großen, langhaarigen Gestalt in einem fließenden dunklen Gewand.

Ryan machte ein paar Schritte vorwärts und blinzelte

gegen die Helligkeit. „Magoria?“, sagte er unsicher. Die Gestalt vor ihm sah überhaupt nicht so aus, wie er es erwartet hatte. Dieser Mann war viel jünger.

„In der Tat, der bin ich“, erwiderte der Mann. Ryan schwieg. Die Stimme war nicht mehr alt und schwach. „Komm herein, Ryan Schilling“, sagte er ungeduldig winkend.

Die unterirdische Kammer verschlug Ryan den Atem. Lodernde Fackeln brannten hell in jedem Winkel. An allen vier Wänden standen lange, schwere Holztische, voll gestellt mit den Instrumenten und Werkzeugen der Zauberkunst – ein riesiges Messingmodell der um die Sonne rotierenden Planeten, eine Pendeluhr und einige seltsam aussehende Apparate. Da standen Flaschen und Töpfe, alle säuberlich mit Schildchen versehen, Bündel von Kräutern und Säckchen mit Gewürzen. Ein großer Kessel blubberte über einem niedrigen Feuer und stieß Dampfwölkchen aus. Am gegenüberliegenden Ende des Raumes befand sich ein Alkoven im Mauerwerk. Dort flackerte eine einzelne Flamme von tiefem Smaragdgrün, die einen Schein auf die sie umgebenden Wände warf.

Dann passierte etwas Schreckliches. Magoria – der Mann, der Ryan begrüßt hatte, mit seinem weichen, jungen Gesicht, langen, dunklen Haaren und edlen Gewändern – verschwand immer wieder. An der Stelle, wo er gestanden hatte, erschien jedes Mal eine abscheuliche Gestalt unglaublichen Alters, ohne Haare, ohne Zähne und in Lumpen gehüllt.

„Was ist hier los?“, schrie Ryan.

Das uralte Wesen hob den Kopf und eines seiner milchig grauen Augen sah Ryan an. Eine knotige und schuppige Hand streckte sich nach ihm aus.

„Hab keine Angst, Ryan ... Ich habe so wenig Kraft“, keuchte die grauenhafte Erscheinung.

Plötzlich – die von den Jahrhunderten so schwer gezeichnete Gestalt überlagernd – erschien wieder der jüngere Mann. „So wenig Kraft übrig ...“, krächzte er, bevor er sich wieder zurückverwandelte.

Alt. Jung. Alt. Jung. Die zwei Erscheinungen des Magiers wechselten immer schneller vor Ryans Augen. Er stand starr vor Entsetzen und beobachtete die flimmernde, verschwommene Gestalt Magorias – Vergangenheit und Gegenwart gleichzeitig.

Plötzlich holte Magoria tief Luft. Die aufrechte Gestalt mit den stolzen Zügen kehrte zurück und blieb.

„Jetzt weißt du, was ewiges Leben bedeuten kann“, sagte er. „Ich wollte nicht, dass du mich so siehst, wie ich wirklich bin, aber ... Oh, ich bin müde, mein Junge. So müde. Und all diese Gestaltprojektionen machen mich nur noch müder.“

„Gestaltprojektionen?“, fragte Ryan.

Magoria lächelte schwach. „Ich wollte gut aussehen, als du kamst. Also beschwor ich ein Bild meines früheren Aussehens herauf. Leider ist es – wie du jetzt weißt – nur eine Illusion.“

„Aber wie?“, fragte Ryan.

„Über die Jahre habe ich mir viele Sachen beigebracht“, erklärte er. „Je zerbrechlicher mein Körper wurde, desto mehr entwickelte ich meinen Geist – mithilfe meiner Zauberkunst natürlich. Wie stellst du es dir sonst vor, dass ich wissen konnte, dass du zurückgekehrt bist? Wie hätte ich sonst in deinem Kopf mit dir sprechen und deine Gedanken lesen können? Aber genug mit diesem müßigen Geschwätz. Es gibt so vieles, das wir tun müssen, wenn wir den bösen Fluch der Turmuhr des Unheils aus der Welt schaffen wollen."

„Du meinst, so vieles, das ich tun muss", murmelte Ryan.

Magoria sah ihn scharf an. „Du denkst doch nicht etwa daran aufzugeben? Kannst du dir vorstellen, was passiert, wenn die Turmuhr die Zeit verrückt spielen lässt? Vergangenheit, Gegenwart und Zukunft hätten keine Bedeutung mehr. Schmetterlinge würden in leere Kokons krabbeln und sich in Raupen verwandeln. Berge würden sich in einem einzigen Augenblick erheben oder zusammenfallen. Menschen würden sterben, bevor sie überhaupt geboren wurden ... So etwas darf niemals passieren."

Ryan, der Magoria mit offenem Mund angestarrt hatte, fand endlich die Sprache wieder. „Aber was in aller Welt soll ich tun?", platzte er heraus.

„Still, Ryan Schilling, Nachkomme meines weisen Lehrlings Wytchwood", sagte der Magier sanft. „Mit einem klaren Kopf und einem tapferen Herzen wirst du es schaffen. Aber du musst mir zuhören. Gut zuhören. Denn ein einziger Fehler wird zweifellos dein Ende bedeuten."

16 Das Kristall-Herz

Ryan schaute zu, wie Magoria in seiner geheimen Kammer herumwuselte. Als Erstes ging er zu einem Schreibtisch, suchte eine vergilbte Schriftrolle heraus, die mit einem staubigen roten Band zusammengebunden war, und klemmte sie sich unter den Arm. Dann durchquerte er den Raum und trat an einen hohen Bücherschrank, suchte ein großes, in Leder gebundenes Buch aus dem obersten Regal und zog es mit seinen langen, krummen Fingern heraus.

„Oh“, seufzte er, als ihm das schwere Buch entglitt und zu Boden fiel. Er ließ sich auf die Knie nieder und versuchte vergeblich, es aufzuheben. „Es nützt nichts“, krächzte er. „Ich kann's nicht ...“

Ryan eilte zu Magoria hin und half ihm auf die Füße. „Danke, mein Junge“, sagte er. „Und es wäre nett, wenn du das Buch auf den Tisch da drüben legen könntest.“ Er lächelte matt.

Als Ryan tat, worum er gebeten worden war, ging ihm auf, wie schwach Magorias Körper geworden sein musste. Das Buch war nicht sehr schwer. Er sah den Magier an, der aufrecht und stolz in seinen Gewändern dastand.

„Nur eine Illusion“, erinnerte Magoria ihn traurig.

Ryan nickte. Das Bild der uralten, grässlichen Gestalt, zu der der Zauberer geworden war, stand ihm noch klar vor Augen.

„Kein schöner Anblick, was?“, seufzte Magoria.

Beschämt drehte Ryan sich um. Er hatte ganz vergessen, dass Magoria seine Gedanken lesen konnte. „Es tut mir Leid“, murmelte er.

Aber Magoria wischte seine Entschuldigung mit einer Handbewegung weg. „Komm jetzt“, sagte er. „Du musst auf alle Eventualitäten vorbereitet sein. Schlag das Buch auf und such das Kapitel ‚Das Kristall-Herz‘.“

Als Ryan das Buch durchblätterte, sah er Seite auf Seite angefüllt mit unzähligen Zaubersprüchen und detaillierten Diagrammen, in denen von Luft, Erde, Feuer und Wasser die Rede war.

„Blätter weiter“, sagte Magoria ungeduldig. „Es ist viel weiter hinten.“

Ryan schlug das Buch von hinten auf und begann rückwärts zu blättern. Noch mehr Zaubersprüche und noch mehr Zeichnungen von Planeten und ihren Konstellationen, von sonderbaren Apparaten, kreuz und quer mit Pfeilen und Anmerkungen versehen ... und von der Turmuhr des Unheils selbst.

Schließlich kam er zu dem Teil, den Magoria genannt hatte. In der Mitte einer Seite voller Zahlen und Symbole war eine Zeichnung des Kristall-Herzens.

„Das“, sagte Magoria, „ist es, was der Turmuhr ihre unglaubliche Macht verleiht. Dies ist der Kristall, um den herum ich den ganzen Uhrenturm konstruiert habe. Dies ist das Herz, welches die Zauberkraft in sich trägt und alles möglich macht ..."

Ryan starrte auf die Zeichnung.

„Wenn du erst mal im Turm drin bist, Ryan, musst du den Kristall finden und ihn zerstören. Wenn du das geschafft hast, wird die Turmuhr des Unheils nur noch ..." – Er seufzte. – „... ein übergroßer Schmuckgegenstand sein."

„Ach ja, so einfach, was?", sagte Ryan. „Willst du mir weismachen, der Kristall habe nichts dagegen, dass ich ihn in tausend Stücke schlage?"

„Der Kristall allein hat zwar Macht, aber längst nicht solche Macht, wie er als Teil der Turmuhr hat", sagte Magoria ruhig. „Meine Zauberkraft hat ihm Stärke verliehen."

„Auf welche Weise?", fragte Ryan.

„Seine Position im Turm, die Position des Turms selbst. Alle diese Dinge sind von Bedeutung. Wenn man einen Zauber aufbaut, ist auch das kleinste Detail von größter Wichtigkeit."

„Okay, der Kristall selbst ist also nicht so mächtig – aber ich muss trotzdem erst mal in den Turm hineinkommen", protestierte Ryan.

Magoria ignorierte seinen Einwand und sprach weiter. „Der Kristall ist in eine Marmorplatte eingelassen, die sich in der Mitte des allerhöchsten Raumes im Turm befindet", sagte er. „Das abgerundete Ende ragt aus der Oberfläche der Platte heraus. Da musst du ihn anfassen und ihn dann aus der Fassung ziehen. Aber sei vorsichtig, dass deine Finger nicht abrutschen. Du hast möglicherweise nur einen Versuch den Kristall zu entfernen. Verstehst du?“

Ryan nickte nervös.

„Wenn du den Kristall entfernt hast, pass auf, dass du ihn nicht anschaust, sonst hypnotisiert er dich mit seinem Glanz. Stattdessen musst du ihn auf den Fußboden schleudern, sodass er in tausend Stücke zerspringt. Niemals darf irgendjemand wieder in die Versuchung geraten zu glauben, er könne ihn kontrollieren.“

Ryan schwirrte der Kopf. Jetzt lag alles an ihm. Er wünschte, Magoria könnte die Turmuhr alleine zerstören.

„Aber ich bin zu schwach“, sagte Magoria leise. „Das weißt du doch.“

„Ja, aber vor hunderten von Jahren warst du es noch nicht“, sagte Ryan.

Magoria seufzte. „Das stimmt“, sagte er. „Aber die Turmuhr ist viele Jahrhunderte lang untätig gewesen – wie ein schlafender Vulkan – bis du ins Land gekommen bist. Erst jetzt, da sie wieder aktiv ist, kann man hineingelangen.“

Typisch, dachte Ryan. Sie hat gewartet, dass ich vorbeikomme. „Aber wenn sie weiß, was ich vorhabe, wird sie doch bestimmt versuchen, mich daran zu hindern?“, argumentierte er.

Magoria nickte. „Das wird sie wohl“, stimmte er zu.

„Aber ich bin ja da. Ich bin vielleicht schwach, aber ich verstehe immer noch mehr von der Zauberkraft der Turmuhr als jeder andere. Ich werde alles tun, was in meiner Macht steht, um dir zu helfen. Und deine größte Hilfe wird sein, dass der Weg durch die Turmuhr zum Kristall ein zeitloser Korridor ist."

„Ein was?", fragte Ryan.

„Das kann ich jetzt nicht erklären. Die Zeit ist zu kurz", sagte Magoria scharf. „Wenn du in diesem Korridor bist, kann die Macht der Turmuhr dir nichts anhaben. Sobald du jedoch in dem Raum mit dem Kristall bist, sieht die Sache wieder anders aus."

Dann schwieg Magoria. Er starrte einfach nur geradeaus, als hätte er sich in seinen eigenen Gedanken und Erinnerungen verloren.

„Ich gehe also durch diesen Gang. Was dann?", sagte Ryan schließlich.

„Dann?", sagte Magoria. „Ah, ja. Die Wellen! Die Wellen!" Er brach das Siegel auf der Schriftrolle und breitete das Pergament auf dem Tisch aus. „Die Zeitwellen."

Es war eine Zeichnung. Es sah aus wie eines dieser Diagramme, auf denen die Planetenbahnen dargestellt waren. In der Mitte war ein heller Kreis und drumherum befanden sich sieben konzentrische Kreise, ein roter, ein orangenfarbener, ein gelber, ein grüner, ein blauer, ein indigofarbener und ein violetter.

„Was sind das für Kreise?", fragte Ryan.

„Während der Kristall pulsiert", erklärte Magoria, „strahlt er Wellen aus, rot oder orange ... bis hin zu violett. Jede Welle ist ein anderer Teil der Zeit – Vergangenheit, Gegenwart, Zukunft ... das Einzige, was du nicht vergessen darfst, ist, dass Grün die Gegenwart ist."

„Also sind die anderen –?"

„Gefährlich? Oh ja“, nickte der jahrhundertealte Zauberer. „Warte im zeitlosen Korridor, bis die grüne Zeitwelle erscheint. Wenn sie leuchtet, musst du zu dem marmornen Sockel gehen und den Kristall entfernen. Aber sei vorsichtig. Du wirst nur fünfzehn Sekunden Zeit dafür haben. Wenn du länger brauchst, wird die grüne Zeitwelle sich verändern und dein Körper wird in die Vergangenheit oder in die Zukunft geraten.“

„In welche?“, fragte Ryan.

„Wer weiß?“, gestand Magoria. „Auf grün könnte gelb folgen oder blau ... Es könnte dich in die Zukunft schleudern oder dich in die Vergangenheit zurückstoßen ... Die Reihenfolge ist zufällig.“

„Oh“, sagte Ryan leise. „Nur noch eine Frage. Wie komme ich überhaupt in die Turmuhr hinein? Wie erreiche ich den zeitlosen Korridor?“

Wieder schwieg Magoria. Er starrte in die Luft und sein Gesicht nahm einen besorgten Ausdruck an. Er kratzte sich am Kopf. Er rieb sein Kinn. Dann plötzlich erschien wieder das Gesicht des grässlichen, greisen Magoria, unvorstellbar alt, mit Augen von Marmor und pergamentener Haut. Und dann, während Ryan noch voller Entsetzen auf die Erscheinung starrte, begann der Magier sich aufzulösen.

„Magoria!“, schrie Ryan. „Wie komme ich in die Turmuhr des Unheils hinein? MAGORIA!“

Der schnell verblassende Schatten des Zauberers drehte steif den Kopf. „Hinein?“, krächzte er.

„Ja, hinein!“, sagte Ryan verzweifelt. „Magoria, antworte mir.“

Einen Moment lang schien es, als würde der alte Magier vollständig verschwinden. Ryan machte einen Satz nach vorne und ergriff seine Schultern.

Sofort wurde die Gestalt wieder ganz – doch sie sah noch immer grauenhaft aus.

„Ich muss mich ausruhen“, krächzte er müde und sank auf den Fußboden. „Du musst auf den kleinsten Steinquader auf der oberen Brüstung drücken, und zwar zu einer der festgesetzten Zeiten.“ Seine Stimme verhallte.

„Festgesetzte Zeiten“, sagte Ryan. „Wann sind die festgesetzten Zeiten?“

Magoria seufzte und hüstelte. „Die Zeiten auf den Zifferblättern“, sagte er. „Aber ... ich habe sie vergessen.“

„Aber ich nicht“, sagte Ryan erleichtert. „Ein Uhr, vier Uhr, acht Uhr und zwölf Uhr.“

„Das ist es!“, rief Magoria aus und nahm plötzlich wieder seine jugendliche Gestalt an. „Gut gemacht, mein Junge! Du machst deinem Vorfahren Wytchwood alle Ehre. Es ist Zeit für dich zu gehen.“

Ryan wusste, was er zu tun hatte, und er hatte Angst. Das war jetzt nicht mehr das lähmende Gefühl des Unbehagens. Jetzt, da ihm klar war, dass er in die Turmuhr hineinmusste, hatte er entsetzliche Angst.

„Auf Wiedersehen“, sagte Magoria. „Und ... Oh!“

Ryan wirbelte herum. „Was?“, sagte er.

„Nur eine kleine Sache, die mir gerade noch einfällt“, sagte Magoria und lächelte verlegen. „Am Ende des zeitlosen Korridors befindet sich eine Schnapptür – eine, die zufällt und von innen nicht geöffnet werden kann. Sie war für unwillkommene Störenfriede gedacht. Selbst wenn es ihnen gelingen sollte hineinzukommen, könnten sie nicht wieder hinaus. Viel einfacher als ein Zauber."

Ryan erinnerte sich an die höllische Angst, die er in seinem Albtraum ausgestanden hatte, als er in dem steinernen Sarg gefangen war. „Eine kleine Sache!", rief er aus.

„Das ist schon okay", versicherte Magoria und holte einen Schlüssel aus den Falten seines Gewandes hervor. „Hiermit kommst du wieder raus."

„Bist du sicher, dass er passt?", fragte Ryan.

„Na...na...natürlich, ich bin ..." Magoria stotterte und wieder wurde die aufrechte Gestalt des Magiers von seinem wahren haarlosen, zahnlosen Selbst ersetzt. „Es hat keinen Sinn", krächzte er. „Ich kann das nicht durchhalten." Er warf den Schlüssel auf den Boden.

„Nimm ihn und geh!", rief er und ein knochiger, gelber Arm zeigte auf eine niedrige Tür in der gegenüberliegenden Ecke des Raums. „Da kommst du wieder an der Oberfläche raus. Auf Wiedersehen, Ryan Schilling", flüsterte er. „Und möge das Glück dir hold sein."

17 Jede Sekunde zählt

Zwischen ein paar Büschen krabbelte Ryan schließlich wieder aus der Erde hervor. Nichts deutete darauf hin, dass hier einmal ein Gebäude gestanden hatte.

Er steckte den Schlüssel, den Magoria ihm gegeben hatte, in die Tasche und sah sich um. In weiter Ferne stand der massive schwarze Turm hoch über den Bäumen. Ryan konnte nur hoffen, dass Magoria nicht noch mehr kleine Sachen vergessen hatte zu erwähnen.

Er trottete los, über Felder, durchs Gebüsch und wieder in den Wald hinein ... und plötzlich war er nicht mehr allein. Eine Menge Leute – Männer, Frauen und Kinder – liefen auf die Turmuhr zu. Das war das Letzte, was er erwartet hatte. Seit dem Nachmittag bei Marta Martine war er außer dem alten Zauberer keinem Menschen mehr begegnet ... und das schien Ewigkeiten her zu sein.

Es war schrecklich. Diese Alltäglichkeit entsetzte Ryan. Die Leute kamen in Scharen, um etwas anzusehen, das gefährlicher war als die tödlichste Waffe, und sie lachten und machten Witze darüber. Merkten sie denn nicht, dass es etwas Teuflisches war? Natürlich nicht. Wie sollten sie auch? Er wollte es ihnen zurufen. Er wollte sie warnen, was passieren könnte. Aber sie würden ihm niemals glauben ... und er wusste selbst nicht genau, was denn tatsächlich passieren würde, wenn die Zeit verrückt spielen würde. Wenn sie doch bloß weggingen.

„Oh Mann“, sagte ein Mädchen, das die Turmuhr in der Ferne betrachtete. Sie drängelte sich an ihm vorbei. „Das sieht ja wahnsinnig aus.“

„Was ist das? Wer hat das bloß gebaut?“, fragte ihr Freund. „Und wie haben sie das so schnell geschafft?“

Je näher Ryan an den Turm kam, desto dichter wurde die Menschenmenge.

Immer mehr Leute strömten den Berghang hinauf zu dem merkwürdigen Obelisken, der auf so mysteriöse Weise mitten im Wald aufgetaucht war.

Dann bemerkte Ryan, dass es immer wärmer wurde – ungewöhnlich schnell. Massen von schmelzendem Schnee rutschten von den Zweigen der Bäume, die Erde verwandelte sich in Schlamm und auf dem Waldboden entstanden stetig anwachsende Bäche von Schmelzwasser. Alles passierte rasend schnell. Trieb die Turmuhr immer noch ihre Spielchen?

Endlich – schnaufend und keuchend – erreichte Ryan die Lichtung und stand direkt vor der Turmuhr des Unheils.

Auf der ganzen Lichtung wimmelte es von Leuten, die sich drängelten und die Hälse reckten, um besser sehen zu können. Er sah auf die Uhr. Es war fünf vor eins. Noch fünf Minuten.

Ryan schob sich zielstrebig durch die Menge von Menschen, die wie gebannt auf die Turmuhr starrten. Als er sich zwischen zwei Frauen in der ersten Reihe hindurchquetschte, entfuhr ihm ein Stöhnen.

Man hatte ein Seil gespannt, das das Gelände um den Turm absperrte. Auf der anderen Seite stand ein dicker Polizist in grüner Uniform mit einem noch dickeren Polizeihund neben sich. Ryan stöhnte. Er musste da durchkommen, auch wenn das hieß ... Auch wenn das was hieß? Wie sollte er an einem übergewichtigen Polizisten und seinem Hund vorbeikommen? Das war ein ernstes Problem. Die Leute um ihn herum schwatzten aufgeregt und hatten keine Ahnung von der Katastrophe, die losbrechen könnte, weil er, ein Nachkomme Wytchwoods, in ihr Land zurückgekehrt war. Blitzschnell flitzte Ryan unter dem Seil hindurch, rannte auf den Polizisten und seinen Hund zu, schrie und fuchtelte wild mit den Armen in der Luft herum.

Der Hund bellte und stürzte auf ihn zu. „Bei Fuß!“, rief der Polizist. Doch nachdem er den ganzen Vormittag still herumgesessen hatte, wollte der Hund sich die Gelegenheit ein bisschen Spaß zu haben nicht entgehen lassen. Als Ryan zur hinteren Seite der Turmuhr losrannte, wedelte der Polizeihund mit dem Schwanz und nahm die Verfolgung auf, wobei er seinen glücklosen Aufpasser hinter sich herschleifte. Ryan warf einen Blick zurück, als er die letzte Ecke umrundete. Weder Hund noch Polizist waren in Sicht. Vor ihm begann die Treppe, die sich wie eine gigantische Rutschbahn außen um den Turm wand. Er raste darauf zu – angefeuert von der jubelnden Menge, die alles für einen harmlosen Spaß hielt – und rannte hinauf, immer zwei Stufen auf einmal nehmend.

Der erste Treppenabsatz, der zweite ... der sechste, der siebte ... Und rauf auf die Brüstung. Er guckte noch mal auf die Uhr. Fünfzehn Sekunden vor ein Uhr ...

Aufgeregt suchte er nach dem ***„kleinsten Steinquader auf der oberen Brüstung“***. Und da war er – auf der rechten Seite, in Hüfthöhe. Der Count-down lief.

„Zehn“, sagte er. „Neun. Acht ...“

In diesem Moment packte ihn eine große Hand an der Schulter und zog ihn zurück. Ryan drehte sich um. Es war der Polizist. Sein Gesicht war rot angelaufen, er schwitzte und sah nicht gerade begeistert aus.

„Was denkst du dir eigentlich, einfach durch die Absperrung zu laufen?“, sagte er.

„Tut mir Leid“, sagte Ryan, während er seine rechte Hand hinter seinem Rücken vorsichtig auf den Steinquader legte. „Ich ... äh ... also ... Es war eine Wette“, sagte er.

„Eine Wette?“, keuchte der Polizist. „Du scheuchst mich hier bis ganz nach oben ... Dieses Gebäude könnte gefährlich sein. Und sieh mich an und nicht deine Uhr, wenn ich mit dir rede.“

Drei. Zwei. Eins ... Jetzt!

Ryan drückte so stark er konnte gegen den Steinquader. Die Tür im Marmor öffnete sich und Ryan stolperte hinein.

„Was ist denn hier lo...“, hörte er den Polizisten sagen.

RUMS! Die Tür knallte zu. Endlich hatte Ryan es geschafft. Er war in der Uhr ... in der Turmuhr des Unheils.

Er blickte sich um und sah, wie wohl bekannt ihm alles war. Die Berührung des kalten Marmors, die kunstvollen Verzierungen am Geländer, die schmalen Mauerritzen, durch die das Licht fiel. Er durchlebte seinen Albtraum. Keine Zeit darüber nachzudenken. Er musste sich auf die Aufgabe konzentrieren, die vor ihm lag.

Ryan stieg die Wendeltreppe hinauf. Plötzlich hörte er etwas, das ihn erstarren ließ. Der Kristall erzeugte ein tiefes, pulsierendes Summen wie ein enormer Herzschlag.

Ryan rannte zur Spitze des Turmes hinauf. Sein eigenes Herz hämmerte. Auf einmal war er am Ende der Treppe angelangt. Vor ihm befand sich eine halbrunde Tür und dahinter ein Gang. Dies war der zeitlose Korridor. Ryan machte einen Schritt nach vorne. Sofort hörte das Summen der Turmuhr auf. Ryan erschauderte. Es herrschte absolute Stille. Natürlich – er war aus der Zeit herausgetreten und hörte den Klang des Nichts.

18 Der Tanz des Chaos

Er begann den steil ansteigenden Gang hinaufzugehen. Fahles Licht fiel durch die Spitzbogenfenster in den Wänden. Ryan blieb einen Moment stehen, um zu sehen, was draußen vor sich ging, und lugte durch eine der engen Öffnungen.

Was er sah, drehte ihm den Magen um. Er rannte zum nächsten Fenster, zum übernächsten – jedes Mal bot sich ihm das gleiche Bild. Dort unten liefen die ahnungslosen Schaulustigen ruckartig und im Zeitraffertempo umher. Es sah aus wie eine Szene aus einem Videofilm, der gerade vorwärts gespult wurde. Dann plötzlich hörte es abrupt auf und nun bewegten die Menschen sich rückwärts.

Vor und zurück. Schnell, langsam. Schnell, langsam. Sie waren in einer Zeitschleife gefangen und wurden unaufhörlich darin herumgewirbelt ... Für Ryan sah es wie ein seltsamer und Furcht erregender Tanz aus. War dies der Tanz des Chaos, den die Turmuhr in der Legende angedroht hatte?

Der merkwürdige Effekt wirkte durch ein blitzendes Licht nur noch merkwürdiger. An, aus, an, aus; schneller und immer schneller. Es war, als ob ein Stroboskoplicht aufblinkte – es ließ die unaufhörlichen Bewegungen der Menschen seltsam graziös aussehen.

Ryan blickte in den Himmel. Sofort wurde ihm der Grund für die sonderbare Lightshow klar. In rasender Folge wechselten Nacht und Tag sich ab. Immer wieder wurde der strahlend blaue Himmel wie ein Kalenderblatt weggerissen und die schwarze Nacht kam hervor. Aber was Ryan am meisten erschaudern ließ, waren die Gesichter der Menschen. Sie waren verzerrt vor Schmerz und Angst.

„Ein Moment des Schmerzes wird sich in eine Ewigkeit des Leidens verwandeln“, so hatte Magoria ihre Strafe beschrieben. Und genau so sah es aus.

Ich muss dafür sorgen, dass das aufhört, dachte Ryan, drehte sich um und eilte den zeitlosen Korridor entlang. Ich muss den Kristall zerstören. Der Raum war jetzt direkt vor ihm. Er leuchtete in einem tiefen Grün. Ryan rannte darauf zu, doch als er ankam, hatte das Licht schon zu blau gewechselt. Er würde warten müssen, bis das grüne Licht wiederkam.

Er sah noch einmal aus einem Fenster. Während Tag und Nacht weiter in rascher Folge wechselten, bemerkte Ryan, dass die Leute immer jünger wurden. Ein alter Mann warf seinen Gehstock weg und seine weißen Haare wurden braun ... Seine gebückte Haltung wurde gerade, dann schrumpfte er vor Ryans Augen, bis er ein Baby war. Er wuchs rückwärts. Einer nach dem anderen wurden alle zu Babys und verschwanden, bis die Lichtung schließlich völlig verlassen war. Ryan rannte zum Fenster auf der anderen Seite des Korridors. Wo auch immer er hinsah, überall das gleiche Bild. Die Leute waren alle verschwunden, verbannt in eine Zeit vor ihrer Geburt.

Ryan konnte seine Augen nicht von dem schrecklichen Anblick abwenden. *Nein!*, dachte er. *Das kann nicht wahr sein. Das gibt es nicht.*

Plötzlich tauchten auf dem Boden wie aus dem Nichts lauter schreiende Babys auf. Sie wuchsen, manche schnell, manche langsamer, bekamen Haare und wurden größer, wuchsen schließlich zu den Menschen heran, die sie vorher gewesen waren.

Aber hier hörte es noch nicht auf. Die Zeit verging immer noch mit rasender Geschwindigkeit.

Ryan bemerkte zu seinem Schrecken, dass er so vertieft in die Geschehnisse draußen gewesen war, dass er eine Gelegenheit verpasst hatte, durch eine sichere grüne Lichtwelle zu treten und den Kristall zu ergreifen. Auf der Waldlichtung wurden die Menschen noch immer älter.

Idiot!, schrie er sich selbst an. *Was habe ich da angerichtet!*

Unter ihm rasten die Kinder Hals über Kopf aufs Greisenalter zu, während die alten Leute einer nach dem anderen einfach umkippten. Innerhalb von Sekunden glich die Lichtung einem Schlachtfeld. Überall lagen Leichen herum, die sich in Skelette verwandelten, dann zu Staub wurden und mit dem Wind davonwehten.

Voller Entsetzen starrte Ryan hinunter.

Es war zu spät.

Er hatte versagt.

Die Menschenmenge, Onkel Karl, Tante Ingrid, Max –

vielleicht alle Leute in Oberdorf und sogar Steinfeld – waren tot. Die Turmuhr des Unheils hatte sie alle umgebracht.

Nein! Plötzlich waren die Schaulustigen wieder da. Diesmal liefen sie den Hügel hinauf, wie sie es heute wohl schon einmal getan hatten. Vor Ryans Augen schlängelten sich immer mehr Leute zwischen den Bäumen hindurch, blieben vor der Turmuhr stehen und starrten hinauf.

„Geht weg!“, schrie er. „Hier ist es gefährlich!“ Aber niemand konnte ihn hören. Sie waren dazu verdammt, die tödliche Begegnung mit der Turmuhr des Unheils so oft zu durchleben, wie die Uhr es wollte.

Ein Polizeiauto erschien, das Absperrungsseil wurde gespannt und Ryan sah, wie der dicke Polizist und sein Hund am Fuß der Treppe Position bezogen. Dann plötzlich entdeckte er noch jemand anderen. Einen Jungen. Mit wachsender, panischer Angst beobachtete er, wie der Junge unter dem Seil hindurchschlüpfte und wie ein Verrückter herumzuspringen begann. „Das bin ich!“, keuchte er und erinnerte sich plötzlich ganz deutlich an das lebende Spiegelbild in seinem Albtraum.

Die Zeit spielte total verrückt. Jetzt lief der andere Ryan schon außen am Turm hinauf. Bald würde er die innere Treppe heraufkommen.

Welches ist mein wirkliches Ich?, fragte er sich. Ist er weniger Ryan, als ich es bin? Und was passiert, wenn ich auf mich selbst treffe? Er wartete nicht ab, es herauszufinden. Er musste in den Raum gelangen. Er musste diesen Wahnsinn stoppen. Er raste zurück den Gang entlang und war schon halb durch die Tür, als er merkte, dass die Lichtwelle, die der Kristall aussandte, gelb war und nicht grün.

Er wich sofort zurück. Aber es war schon zu spät. Die vordere Hälfte seines Körpers, die in das warme, goldene Licht getaucht worden war, war stark gealtert.

Seine Arme waren schwach. Auf seinen Handrücken befanden sich braune Altersflecken. Er berührte sein Gesicht leicht mit den Fingern und schreckte zurück, als er fremde Haut spürte. Sie fühlte sich ledrig an, faltig – mehr wie die Haut eines Reptils als wie die eines Menschen.

„Oh nein“, erschrak Ryan. Seine Stimme war seltsam tief und alt. „Was habe ich getan?“

Aus den Augenwinkeln sah er eine Gestalt am anderen Ende des Korridors. Es war er selber. Er starrte wieder in den gelb leuchtenden Raum. Welche Farbe würde als Nächstes kommen? Wenn es grün wäre, könnte er den pulsierenden Kristall ein für alle Mal zerstören. Wenn es eine andere Farbe wäre ... könnte er so sehr altern, dass er sterben würde.

Hinter seinem Rücken näherte sich sein Doppelgänger – gleich würde er den zeitlosen Korridor betreten. Ryan wusste, dass er jetzt keine Wahl mehr hatte, als den Raum zu betreten. Er schloss die Augen und machte einen Schritt nach vorne.

Die steinerne Tür fiel hinter ihm ins Schloss.

19 Zeitwellen

Ryan öffnete die Augen. Der Raum hatte keine Fenster; er wurde nur vom Lichtschein des Kristalls erleuchtet. Dieser befand sich in einem Marmorsockel in der Mitte des Raumes und pulsierte – in einem tiefen Smaragdgrün.

Ryan empfand unendliche Erleichterung. Glück gehabt ...

„In der Tat“, hörte er Magorias Stimme in seinem Kopf, als er durch den Raum eilte. *„Jetzt aber schnell. Nimm den Kristall, solange die Turmuhr noch Chaos verbreitet.“*

Ryan beugte sich über den Marmorsockel und blickte in den kuppelförmigen Kristall hinein, der von grünem Licht überflutet wurde. Er starrte hinunter in einen Nachthimmel voller blinkender Sterne – ein winziges Universum. Verwundert fragte er sich, wo dieser fantastische Stein ursprünglich hergekommen war. Wie viele Millionen Kilometer hatte er zurückgelegt, bevor er auf die Erde gefallen war? Er war so herrlich ... so wunderschön ... wie ein riesiger Smaragd.

„Nicht in den Kristall sehen“, explodierte Magorias wütende Stimme in seinem Kopf. *„Deine fünfzehn Sekunden sind fast vorbei, dann das Licht von grün zu ...“*

Ryan legte seine Hände auf den Kristall, umklammerte die glatte Oberfläche, zog – und rutschte ab.

Das gelbe Licht hatte seine Finger alt und schwach gemacht. „Nein“, sagte er atemlos.

Er versuchte es noch einmal, und noch einmal verloren seine gealterten Finger den Halt. Die letzten verbleibenden Sekunden zerrannen ...

„VOR UND ZURÜCK UND WIEDER VOR“, brüllte draußen die Stimme der Turmuhr des Unheils. ***„EINMAL SO SCHNELL ... EINMAL SOO LAAANGSAM.“***

Ryans Herz schlug laut vor Angst, als er wieder und wieder versuchte den Kristall aus seiner Halterung herauszuheben. „Komm raus“, murmelte er mit zusammengebissenen Zähnen.

„HIERHIN UND DORTHIN, RUM UND HERUM“, brüllte die Turmuhr des Unheils.

„Ja!“, schrie Ryan. Mühsam schaffte er es endlich den Kristall aus dem Marmorsockel zu ziehen.

Der Kristall glitzerte hell, während er Millimeter für Millimeter aus dem Loch hervorkam, und nun, als er in blauem Licht pulsierte, sah er wie ein gigantischer Saphir aus.

„Blaues Licht!“, keuchte Ryan. „Oh nein!“

Die Zeitwellen hatten schon von grün zu blau gewechselt. Mit einem Ruck richtete Ryan sich auf, riss den Kristall aus seiner Halterung und hob ihn hoch über seinen Kopf. Dann schleuderte er ihn mit aller Kraft auf den Boden.

„NEEEEEEIIIN!!“, schrie eine Stimme und verhallte

in der Sekunde, in der der Kristall auf den Steinfußboden krachte. Er explodierte in tausend Stücke, die noch einen kurzen Moment glühten – und dann verloschen.

„JA!“, jubelte Ryan in die plötzliche Dunkelheit hinein.

Er hatte es geschafft! Er hatte den Kristall zerschmettert und die Turmuhr des Unheils zerstört. Aber wo war die Tür? Wo war das Schlüsselloch? Er versuchte etwas zu erkennen, war aber in der Dunkelheit völlig orientierungslos.

Wenn er die Tür nicht finden würde, wäre er gefangen. Es würde kein Entkommen geben. Vier kalte, marmorne Wände umgaben ihn. Kein Entkommen. Er war im Marmorsarg seines Albtraums gefangen.

20 Der Kreis schließt sich

Ryan ließ sich auf den Fußboden fallen. „Magoria!“, rief er. „Magoria?“ Nichts. Wo war die beruhigende Stimme in seinem Kopf? Er hatte den Kristall zerschmettert. Er hatte den Fluch gebrochen ... aber hatte er auch den Magier vernichtet? Wer würde ihm jetzt helfen? Dann sah er etwas leuchten. Zuerst dachte er, seine Augen würden ihn nur täuschen, aber als er sich auf das matte Licht konzentrierte, begann es, heller zu scheinen. Voller Angst, es könnte verschwinden, bevor er es erreicht hatte, eilte Ryan durch den Raum und traute sich nicht einmal zu blinzeln. Als er näher kam, entdeckte er, dass das Licht aus einer Art Loch in der Wand schien ... Es war ein SCHLÜSSELLOCH!

„Juchhu!“, schrie Ryan außer sich vor Erleichterung. Er holte Magorias Schlüssel aus der Tasche, steckte ihn in das Schlüsselloch und drehte ihn um. Mit einem leisen Klicken öffnete sich die Tür. Ryan raste den Gang hinunter.

Erst jetzt merkte er, dass seine Arme und Hände wieder normal aussahen. Wie war das passiert? Das blaue Licht, dachte er. Es muss was mit dem blauen Licht zu tun haben.

„Stimmt genau“, sagte Magorias Stimme tief in seinem Kopf. *„Die blaue Zeitwelle.“*

„Du lebst noch“, sagte Ryan leise.

„Aber ich schwinde schnell und das verdanke ich dir, Ryan Schilling“, sprach die schwächer werdende Stimme.

„Hat das blaue Licht den Effekt des gelben Lichts aufgehoben?“, fragte Ryan, der das alles noch nicht so ganz verstehen konnte.

„Die gelbe Welle ließ deinen Arm altern und die blaue Welle hat ihn wieder jung gemacht ...“, flüsterte Magoria.

„Und Gelb und Blau ergibt Grün ...“, sagte Ryan triumphierend, „... und das ist die Gegenwart!“

„Jawohl. Du bist wieder so, wie du warst, als du die Turmuhr betreten hast. Drück nun noch einmal gegen den Steinquader und verlasse den Turm. Lebe wohl, Nachkomme Wytchwoods. Lebe wohl, Ryan Schilling.“

Hiermit verstummte die Stimme des alten Magiers zum letzten Mal.

Ryan drückte gegen den Steinquader, die Tür öffnete sich und fiel wieder hinter ihm zu. Er stand wieder mit dem Rücken zur Marmorwand auf der Brüstung.

Ryan sah auf die Uhr. Der Polizist starrte ihn von oben herab an. Er war rot angelaufen und sah ziemlich wütend aus. „Und sieh mich an und nicht deine Uhr, wenn ich mit dir rede“, sagte er gerade.

Es war unglaublich! Ryan war nicht nur wieder aus dem Innern der Turmuhr raus, sondern es war auch noch exakt der Moment, bevor er den Steinquader gedrückt hatte.

„Du gehst jetzt sofort diese Treppe wieder runter“, sagte der Polizist barsch. „Und dann hau ab.“

Ryan drehte sich um und rannte die äußere Treppe

hinunter. Es war, als hätte der verheerende Tanz des Chaos nie stattgefunden – als wäre er niemals im Innern der Turmuhr des Unheils gewesen.

Als er den letzten Treppenabsatz erreichte, sah Ryan, dass die Menge der Schaulustigen zu ihm hochgrinste.

„He, Ryan“, ertönte eine Stimme aus der Menge. „Bist du das? Wir haben uns solche Sorgen gemacht.“

Ryan guckte suchend hin und her und entdeckte zwischen den Menschen Onkel Karl, der mit den Armen in der Luft herumwedelte. Er stand mit Max an der Leine zwischen Tante Ingrid und Marta Martine. Ryan sprang die letzten Stufen hinunter und lief durch die Menge zu ihnen hin.

„Oh Ryan“, rief Tante Ingrid und schloss ihn in ihre Arme. „Gott sei Dank geht es dir gut. Die ganze Nacht draußen bei dem fürchterlichen Wetter …“

„Der Wald ist auch so schon gefährlich genug“, sagte Onkel Karl. „Aber du siehst aus, als hättest du es ganz gut überstanden.“ Max sprang an Ryan hoch und leckte seine Hand. „Wir haben überall nach dir gesucht“, fügte sein Onkel hinzu.

„Als die Turmuhr auftauchte, dachte ich mir, dass wir dich hier finden könnten“, unterbrach Marta Martine. „Ich habe deinem Onkel und deiner Tante erzählt, wie gut es war, dass du mir mein Medikament gebracht hast.“

„Hm, na ja“, sagte Onkel Karl. „Es war nett, dass du daran gedacht hast, Ryan – aber du hättest wirklich nicht alleine aus dem Haus gehen sollen.“ Er klopfte Ryan auf die Schulter. „Aber die Hauptsache ist, dass wir dich heil wiederhaben. Was für eine Zeit, um nach Oberdorf zu kommen. Erst der unglaubliche Schneesturm und jetzt diese merkwürdige Turmuhr und das plötzliche Tauwetter. So was habe ich noch nie erlebt."

Wenn ihr wüsstet, dachte Ryan. Wenn ihr wüsstet.

Er warf Marta Martine einen Blick zu. Ein leichtes Lächeln spielte um ihre knallroten Lippen.

Ryan runzelte nachdenklich die Stirn. Da war noch etwas, was er tun musste.

Am nächsten Morgen fragte er seinen Onkel, ob er einen kurzen Spaziergang machen könnte, und ging dann noch einmal los zu dem Ort, wo früher die alte Jagdhütte gestanden hatte.

Nach einigem Suchen fand er schließlich die verborgene Treppe und stieg hinunter zu Magorias geheimer Kammer. Mit angehaltenem Atem hob er den Riegel und öffnete die Tür.

Die geheime Kammer sah noch genauso aus wie am Vortag. Die Fackeln an den Wänden brannten immer noch hell, die aufgereihten Apparate standen noch genauso da und auch der Kessel blubberte noch vor sich hin. Doch der Bewohner der Kammer, Magoria selbst, war nirgendwo zu sehen.

Ryan rief nach ihm. Er ist weg, dachte er. Hatte es der alte Magier irgendwie geschafft, sein unterirdisches Gefängnis zu verlassen? Oder war er endlich, endlich gestorben?

Ryan sah das Buch und die Zeichnung der Zeitwellen dort auf dem Tisch liegen, wo er sie hingelegt hatte. Daneben lag noch etwas anderes – ein Brief. Er lautete:

Ich danke dir, Ryan Schilling,

wie schon *Wytchwood* warst auch du ein echter Freund. Nun, da der Kristall zerstört ist, kann zum Glück kein Mensch ewig leben.

Magoria.

Ryan sah auf und blickte in den Alkoven. Natürlich, dachte er. Etwas ist anders. Die Flamme. Die mysteriöse smaragdgrüne Flamme. Sie war fort – und mit ihr der alte Zauberer.

Als er sich zum Gehen wandte, entdeckte Ryan auf dem Boden neben seinen Füßen ein altes, abgewetztes Gewand. Er bückte sich hinunter und berührte es. Im selben Moment zerfiel es – wie die Knochen, die darunter lagen – zu Staub.

Lies mich!

RTB Leseprobe

Clive Gifford

MINDMASTER

DAS VIRTUELLE LABYRINTH

Als Peter am nächsten Morgen zur Schule ging, war er bester Laune. Doch nicht lange. Gerade zehn Minuten war er im Schulgebäude, da wurde er zur Rektorin gerufen. Als er ihr Büro wieder verlassen konnte und zu seiner Geschichtsstunde rannte, kochte er vor Wut.

„Tut mir Leid, dass ich zu spät komme. Ich war ..."

„Deine Entschuldigungen interessieren mich nicht, Peter Clark. Setz dich." Mr Baxters grimmige Stimme dröhnte durch das Klassenzimmer.

Peter ließ sich auf seinen Stuhl plumpsen. Er war sauer. Für seine Verspätung gab es einen guten Grund. Aber dass er zur Rektorin gerufen wurde, war für Peter keineswegs so alltäglich wie für manche anderen Schüler. Und das alles nur wegen dieses anonymen Briefs, in dem man Peter beschuldigte, er hätte aus dem Schulkiosk Geld gestohlen.

Er hatte kein Geld gestohlen – natürlich nicht –, doch so ganz überzeugt war die Rektorin anscheinend nicht. Am Ende ihres Gesprächs hatte sie gemeint: „Nun gut, Peter. Ich bin bereit, noch einmal ein Auge zuzudrücken. Dieses Mal noch. Jetzt geh zurück in deine Klasse und streng dich an. Etwas anderes kannst du dir gar nicht erlauben." Peter hatte mit den Schultern gezuckt, als ob es ihm egal wäre.

„Etwas anderes kannst du dir gar nicht erlauben.“ Ihre Worte hallten noch in seinem Kopf, als Peter in das Klassenzimmer ging, wo sie nun Englisch hatten. Er wusste, dass er kein Genie war – in keinem Fach war er so gut wie in Sport –, aber er versuchte wirklich, sich anzustrengen. Etwas, was man von Fiona Brenner nicht behaupten konnte.

Peter starrte aus dem Fenster, als Mr Robertson seine Ausführungen über Shakespeare herunterleierte. Fiona hatte den Brief geschrieben. Ganz sicher. So etwas würde genau zu ihr passen.

Je länger Peter darüber nachdachte, desto mehr war er davon überzeugt – und desto wütender wurde er. Das würde er ihr heimzahlen ... irgendwie.

Dort saß sie, zwei Reihen vor ihm. Er starrte sie an, seine Augen bohrten sich in ihren Hinterkopf. Diese blöde Kuh! Sie kritzelte etwas in ihr Heft. Die Buchstaben konnte Peter nicht entziffern, aber er erkannte ein Liebesherz, das sie mit rotem Filzstift gemalt hatte.

Die Stunde war schon fast zu Ende, da wurde Mr Robertson ins Lehrerzimmer gerufen. Jetzt oder nie, dachte Peter. Er stand auf und ging nach vorn.

„Ach, bist du aufgewacht, Peter?“, meinte Graham Johnson, der Klassenclown. „Heh ... was machst du da?“

Peter rannte an Fionas Tisch vorbei und schnappte ihr Heft. Ohne auf ihr Gekreische zu achten, stellte er sich vor die Tafel. Peter blätterte in dem Heft und entdeckte sofort das Liebesherz. Und was stand darin? *DJ liebt FB.* Sofort verkündete Peter diese sensationelle Nachricht der ganzen

Klasse. Die meisten lachten. Einige warfen einen Blick hinüber zu Fiona. Sie sah starr geradeaus und sagte kein Wort.

„Aber wer ist dieser DJ?", wollte Graham Johnson wissen. In der Klasse begann ein Gemurmel. „Willst du es uns nicht verraten, Fiona?" Sie gab keine Antwort.

Peter überlegte fieberhaft. *DJ, DJ?* Natürlich ... er wusste es.

„DJ, das ist ... Darren Jenkins", gab er triumphierend bekannt.

„Was?! Der schicke Darren aus der Klasse über uns?", rief eines der Mädchen.

Peter sah hinüber zu Fiona. Ihr Gesicht war rot angelaufen. Er hatte den Nagel auf den Kopf getroffen.

„Ja, es stimmt. Es ist Darren Jenkins. Schaut sie doch an", rief Peter. „Rot wie eine Tomate."

Die ganze Klasse johlte begeistert.

„Fiona schwärmt für Darren. Wartet, bis ich das seinen Kumpels erzähle", prustete einer der Jungen.

„Das war echt klasse, Peter!", rief Graham Johnson.

Es klingelte und die Schüler schnappten ihre Sachen. Fiona war als Erste an der Tür. Eine Sekunde lang sah Peter ihr Gesicht. Tränen standen ihr in den Augen. Überrascht musste Peter feststellen, dass ihn plötzlich so etwas wie Schuldgefühl durchzuckte. Schnell drehte er sich um.

In der Nachmittagspause kam Jan zu ihm über den Schulhof gerannt. „Hab von eurer Englischstunde gehört."

„Was? Wirklich?", meinte Peter überrascht.

„Die ganze Schule redet darüber", sagte Jan. „Du bist

jetzt so eine Art Held. Fiona hat es verdient. Sie hat sowieso alle genervt. Weißt du schon, dass sie danach sogar nach Hause gegangen ist?"

Peter trat von einem Fuß auf den anderen und dachte an Fionas Gesicht. „Ich ... ich glaube, ich habe die Sache etwas übertrieben."

„Ach was. Das geschieht ihr doch ganz recht", grinste Jan. „Aber ich hoffe nur, dass du mit ihrem Bruder klarkommst."

„Was? Mit dem großen Stef? Aber der ist doch gar nicht mehr auf der Schule", sagte Peter schnell. Aber Jan war schon wieder weg, um mit den Computerfreaks aus der 3A Spieltipps auszutauschen.

Eigentlich kannte Peter Fionas älteren Bruder gar nicht, aber er hatte jede Menge über ihn gehört. Der große Stef, der eigentlich Stefan hieß, war ein brutaler Kerl – so rücksichtslos, wie man es sich nur vorstellen konnte, und alles andere als dumm. Er wusste genau, wie er das bekam, was er wollte. Er wusste, wie er die Schwächen der anderen ausnutzen konnte, sodass sie sogar ihr Geld fürs Mittagessen herausrückten, wenn er nur mit den Fingern schnippte. Peter wurde schlecht, wenn er an diesen Stef nur dachte.

Als die Schule endlich zu Ende war, lief Peter mit schnellen Schritten durchs Schultor. Er ging seinen gewohnten Nachhauseweg, der an einem Park vorbeiführte. Auf dem Rasen sah er die beiden Fußballtore. Ja, dort hatten sich Peter und sein Vater oft stundenlang den Ball zugekickt. Doch seitdem sein Vater tot war, fühlte er sich auf diesem Platz nicht mehr wohl. Und selbst das Fußballspielen schien ihm nicht mehr so viel Spaß zu machen. Bei jedem Spiel versuchte er, sein Bestes zu geben – vor allem bei den wirklich wichtigen, wie dem Spiel gegen Telfer Heath und dem Vergeltungsspiel gegen diese eingebildeten Typen aus Oakmarsh mit ihrer super Ausrüstung und ihrem fest angestellten Trainer. Doch ohne seinen Vater, der früher am Spielfeldrand gestanden und ihn angefeuert hatte, war es einfach nicht mehr das Gleiche.

In Gedanken war Peter meilenweit fort. Er bog um eine Ecke und blieb dann wie angewurzelt stehen. Wenige Meter vor ihm stand eine Bande mit Jungen in schwarzen Lederjacken. Peter schlug das Herz bis zum Hals. Doch nicht, weil es so viele waren. Und auch nicht deshalb, weil sie langsam näher kamen. Es war wegen des einen Jungen, des größten von allen, der nun zwischen ihnen hervortrat. Das war doch nicht möglich, oder? Peter musste schlucken. Nein, es gab keinen Zweifel. Das war Fionas Bruder, der große Stef, und er kam direkt auf ihn zu.

Stefan stellte sich vor Peter und sah zu ihm hinunter. Sein Atem roch nach Zigaretten.

„Sieh mal einer an. Wenn das nicht Peter Clark ist, der große Mädchenschreck“, höhnte Stefan. „Hast meine Schwester zum Heulen gebracht, hmm? Tja, Leute, das scheint ein ganz harter Kerl zu sein.“

Die anderen lachten. Einer knackte mit den Fingerknochen. Peter wurde übel.

„Ich finde, kleine Mädchen zum Heulen zu bringen, ist

überhaupt nicht nett", sagte Stefan. „Solche Typen gehören bestraft. Habe ich Recht, Leute?"

„Ja", brüllte die Bande im Chor. Sie hatten Peter nun eingekreist. Verzweifelt blickte er sich um. Unmöglich, ihnen zu entkommen.

In diesem Moment lehnte sich einer der Kerle gegen ein geparktes Auto und löste den Diebstahlalarm aus. Stefan drehte überrascht seinen Kopf. Es war Peters einzige Chance. Er durchbrach ihren Kreis und stürmte die Straße hinunter. „Hinterher!", brüllte Stefan. Die Bande nahm die Verfolgung auf.

Als er sich umdrehte, sah Peter, wie zwei der Bande gerade ihre Mountainbikes aufschlossen. Doch da, vor ihm der Park! Peter sprang über den Zaun und rannte über die Wiese.

Aber ... was hatte er bloß getan? Das offene Gelände war für die Mountainbikes wie geschaffen. Hinter sich hörte er das Geschrei der Bande.

Mit schmerzender Lunge spurtete Peter weiter. Da vorne war jemand auf einem Fahrrad. Jemand, den er kannte. Es war Graham Johnson aus seiner Klasse.

„Graham, Graham!", schrie Peter. „Du musst mir helfen. Kannst du mich mitnehmen? SCHNELL!"

Peter setzte sich auf den breiten Lenker und hielt sich fest so gut es ging. Dann schloss er die Augen, als Graham wie ein Besessener in die Pedale trat. Sie rasten quer durch den Park und kamen am anderen Ende wieder auf die Straße. Als sie ein paar Kindern ausweichen mussten, kam das Fahrrad gefährlich ins Schwanken. Über seine Schultern warf Peter einen Blick zurück. Die Bande war weit hinter ihnen. Graham radelte noch einige Minuten weiter, dann hielt er an und sah ebenfalls zurück.

„Sieht ganz so aus, als hätten wir sie abgehängt", keuchte er.

„Nein, fahr weiter", bettelte Peter.

„Na gut", meinte Graham. „Aber nur weil du es Fiona Brenner so toll gezeigt hast."

„Deshalb werde ich ja auch verfolgt", entgegnete Peter. „Der Anführer ist ihr Bruder."

Fünf Minuten später blieb Graham endgültig stehen.

„Es reicht jetzt, Peter. Ich muss nach Hause", sagte er und schnappte immer wieder nach Luft.

„Danke, Graham. Werde ich dir nie vergessen."

Graham radelte davon, und Peter sah sich um. Er kannte diese Gegend nicht. Er wischte sich seine schweißnasse Stirn mit dem Pullover ab. Waren sie wirklich so weit gefahren? Er ging langsam eine menschenleere Straße hinunter, bis er vor alten, heruntergekommenen Fabrikgebäuden stand. Neben dem Tor war ein Schild *Elmwood Industriegebiet*.

Peter hatte keine Lust, jetzt schon nach Hause zu gehen. Je länger er fortblieb, desto besser wurden seine Chancen, dass Stefan und seine Bande die Verfolgung aufgaben.

Peter betrat das Industriegebiet. Es schien verlassen zu sein. Die Eingänge der meisten Gebäude waren mit Brettern vernagelt.

Doch als Peter um eine Ecke bog, sah er plötzlich ein neueres Gebäude. Seine Fassade war vollständig schwarz, und über der Tür stand *Die Zone*. Peter wurde neugierig und wagte sich näher heran. Es war das einzige Gebäude auf diesem Gelände, das aussah, als ob es benutzt würde. Er sah, wie einige Jungen in seinem Alter herauskamen, andere hineingingen.

Peter schaute auf seine Uhr. Ob er jetzt gleich oder erst in einer halben Stunde nach Hause ging, von seiner Mutter würde er in jedem Fall etwas zu hören bekommen. Also konnte er ebensogut einen kurzen Blick hineinwerfen. Nur einen kurzen, sagte er sich.

Peter öffnete die schwere Tür aus Stahl und Glas und ging hinein.

Zwei Schritte weiter, und Peter stand vor einer Art Schwingtür. Er drückte sich dagegen und sie öffnete sich wie eine Saloontür im Wilden Westen. Seine Augen brauchten einige Momente, um sich an das Halbdunkel zu gewöhnen. Er stand in einem großen Raum voll mit Geräten für Videospiele. Doch es war ganz anders hier als in der Spielhalle in der High Street, die hell erleuchtet war und immer voller Leute.

Peter sah mehrere Reihen von diesen mannshohen, bunt bemalten Kästen. Nur vor wenigen standen irgendwelche Spieler, deren Gesichter vom Licht der Bildschirme geisterhaft angestrahlt wurden. Es gab eine Menge Kampf- und Schießspiele, Autorennen und die üblichen Weltraumschlachten. Aber da waren auch einige Spiele, von denen er noch nie gehört hatte – *Straßenkämpfer, Gedankenräuber, Cubus*. Im nächsten Gang entdeckte Peter ein *Jinza*-Spiel.

Es war die Spielhallenversion von Jans Lieblingsspiel. Auf Jans Computer hatte ihm dieses Spiel nie sonderlich gefallen, doch hier sah es um einiges interessanter aus. Vielleicht sollte er es einmal ausprobieren. In seiner Tasche suchte er nach etwas Kleingeld. Er warf eine Münze in den Schlitz, nahm den Joystick in die Hand und wählte sich sein Raumschiff. Dann wartete er.

Als das Spiel begann, war Peter plötzlich Kommandant eines Sternenkreuzers, der durch die Galaxien flitzte und immer wieder von einer feindlichen Flotte angegriffen wurde. Er versuchte zwar, sich hinter einem kleinen Mond zu verstecken, doch die Schiffe hatten ihn sofort entdeckt und verfolgten ihn. Peter wurde getroffen. Doch nun schlug er zurück. Fieberhaft drückte er immer wieder den roten Feuerknopf des Joysticks. Zwei der gegnerischen Schiffe schoss er in Stücke. Doch als er versuchte zu fliehen, wurde sein eigenes Schiff getroffen und von einer gewaltigen Explosion zerrissen. Der Bildschirm wurde schwarz, das Spiel war zu Ende.

„Gar nicht schlecht.“

Peter zuckte zusammen. Als er sich umdrehte, stand hinter ihm ein Junge, der um einiges größer und einige Jahre älter war als er selbst. Er hatte kurze, blonde Haare und in seinem linken Ohr einen Ohrring.

„Was gibt's?“, fragte Peter unsicher.

„Dachte, du könntest einen Tipp gut gebrauchen“, meinte der Unbekannte, kratzte sich an seiner krummen Nase und steckte seine Hand dann in die Tasche seiner abgewetzten Lederjacke. „Bist neu hier, oder?“

Peter nickte.

„Komme selbst noch nicht lange hierher. Toller Schuppen, findest du nicht?", redete der Fremde weiter.

„Äh ... ja", sagte Peter.

„Jetzt zu meinem Tipp. Wenn sie dich umzingeln, feuerst du einen Torpedo – gelber Knopf hinten am Joystick."

Peter war dieser Junge etwas unheimlich. Weder gefiel ihm die lockere Art, mit der er ihn einfach angesprochen hatte, noch der Gedanke, dass er ihn beim Spielen beobachtet hatte. Peter sollte längst zu Hause sein. Doch für das Geld, das er eingeworfen hatte, blieb ihm noch ein zweites Spiel. Er stellte sich wieder vor die Spielkonsole und drückte den Startknopf. Die ersten beiden Level waren für ihn nun ein Kinderspiel. Dann kamen wieder diese vier gegnerischen Schiffe, die ihn gleichzeitig angriffen. Dieses Mal war gleich sein erster Laserschuss ein Treffer.

Wumm! Blieben noch drei. Doch immer schneller flogen sie ihre Angriffe gegen Peters Schiff. Da erinnerte er sich an den Tipp mit dem Torpedo. Peter drückte den gelben Knopf.

Kawomm! Eine riesige Explosion füllte den Bildschirm. Peter hatte alle drei Schiffe auf einmal in die Luft gejagt.

Er kam nun zum nächsten Level. Gleich darauf wurde sein Schiff zerstört, doch es war ihm egal. Dieser Trick mit dem Torpedo würde ihm mächtig helfen, wenn er das nächste Mal gegen Jan spielte. Er wollte es noch einmal probieren. Aber er hatte kein Geld mehr, und überhaupt sollte er nun endlich nach Hause gehen.

„Willst du etwa schon gehen?"

Peter drehte sich um. Es war der große, blonde Junge.

„Äh, ja. Und danke für den Tipp. Es hat funktioniert."

„Ich habe noch jede Menge Tipps. Soll ich sie dir zeigen?", fragte der Junge.

Peter war unsicher und schwieg.

„Ich heiße übrigens Rick."

„Ich muss jetzt gehen", meinte Peter.

„Ach, komm schon. Ich zeige dir die Tricks." Rick holte einige Münzen aus seiner Tasche und warf sie in die *Jinza*-Maschine. „Los geht's. Zwei Spiele, und du bist ein Profi."

Peter beugte sich über die *Jinza*-Konsole, während Rick neben ihm stand und ihm Ratschläge gab, wenn es brenzlig wurde. Beim zweiten Spiel schaffte es Peter tatsächlich bis zum Bonusspiel.

Auf dem Bildschirm erschienen Lichtblitze und es ertönte eine Fanfare. Peter fühlte sich ungeheuer stolz, als einige Spieler in der Nähe sich umdrehten und ihn mit großen Augen ansahen.

Der Bonuslevel war unglaublich schwierig. Rick führte Peter durch einige gefährliche Stellen, doch plötzlich erschienen blitzschnelle Kampfschiffe. Sie rasten direkt auf ihn zu und feuerten mit mächtigen Laserkanonen.

„Knall sie ab – von rechts nach links", rief Rick.

Peters Finger umklammerten den Joystick, und er feuerte und feuerte. Er traf eines der Kampfschiffe, doch er hatte nicht gut gezielt und verfehlte die anderen. Das Bild verschwand, das Spiel war aus. Doch dann erschienen:

BONUSLEVEL – GESCHAFFT FREISPIEL
GEWONNEN – GUT GEMACHT !!!

Peter verstand gar nichts mehr. „Unmöglich ... Ich habe danebengeschossen. Ganz sicher“, murmelte er.

„Eben nicht. Es sah nur so aus, als ob du sie nicht getroffen hättest“, antwortete Rick und drückte auf den Pauseknopf. „Aber dein Gehirn und deine Hände reagieren schneller als deine Augen.“ Rick machte eine Pause. „Einfach klasse. Du bist ein Naturtalent.“

„Wirklich?“ Peter war verwirrt. Dass er Talent hatte, konnte er gar nicht glauben. Schließlich hatte er mit Jan nie mithalten können. Doch insgeheim freute er sich über Ricks Lob. Peter warf einen Blick auf seine Armbanduhr.

„Ich muss jetzt wirklich gehen“, sagte er.

„Kommst du mal wieder?“, fragte Rick. „Morgen?“

„Kann sein“, antwortete Peter.

Als Peter ins Freie trat, brauchten seine Augen erst einige Zeit, um sich an das Tageslicht zu gewöhnen. Er würde seiner Mutter von Stefan und seiner Bande erzählen, aber von der *Zone* wollte er lieber nichts sagen. Seine Mutter wäre wohl alles andere als begeistert, wenn sie wüsste, dass er seine Zeit in einer Spielhalle verbrachte. Wenn sie aber nichts davon wusste, konnte sie es ihm auch nicht verbieten.

Ohne noch einmal zur *Zone* zurückzusehen, machte er sich auf den Weg nach Hause.

Hätte er sich allerdings umgesehen, wäre ihm möglicherweise ein Augenpaar aufgefallen, das aus einem kleinen, vergitterten Fenster zu ihm hinunterstarrte.

Auszug aus dem Ravensburger Taschenbuch 2113 „Mindmaster – Das virtuelle Labyrinth“ von Clive Gifford.